新　潮　文　庫

パスタマシーンの幽霊

川　上　弘　美　著

JN286980

新　潮　社　版

9707

目次

パスタマシーンの幽霊

海石《いくり》

あたしたちは、穴に住む。

引き潮になると、穴からは空が見えます。空はいろんな色をしている。うすむらさき色のときが、あたしはいちばん好きです。

たいがいのあたしたちは、穴から出ることはなくて、満ち潮のときにすうっと穴の上を横ぎる小さな魚を引きこんで、まず水気を吸ってから、肉をたべます。あたしたちはじょうぶな歯をもっているから、魚をたべるときには、上下の歯でよくすりあわせ、骨までこなごなにして飲みこみます。魚は、おいしい。

あたしたちはときどき、穴から出て、町へさまよいだします。五十年に、一度くらい。

あたしはちょうど、穴から出ていって、幾人かのひとと、しばらく一緒に住んできたところです。その夏は、満ち潮になっても、小さな魚一匹、蟹《かに》や小えび一匹穴の上を通らなくて、しかたないから薄いプランクトンを海水ごと飲んでは、海水をまたざあっと吐きだす、という、おおざっぱな食事のとりかたばかりをしていました。海水をたくさん飲むのは別にかまわないのだけれど、プランクトンの中には、たまにとても苦いのがあって、あと、鼻の奥につんとくるのもあって、そういうのに当たったときには、ものすごくせつなくなるから、いやなのです。

七月の半ばだった。梅雨《つゆ》が長くて、海岸にはほとんど人けがなかった。あたしは穴からまず頭をのぞかせ、夜なのは空がまっくろいので知っていたけれど、焚《た》き火《び》をしている人や海の家で夜通し騒いでいる人がいないかどうか、よく見回して確かめた。砂浜にも国道にも人影はなかった。そのまま穴からにょろりと体ぜんたいを押し出し、外気に慣れるまで、砂にじっと寝そべっていた。

しばらくすると体はふくらんで、女のひとそっくりになった。はだかだったので、海岸沿いのアパートに干してあったTシャツと、縞柄《しまがら》のトランクスをちょっと拝借しました。歩いてゆくと、酔っぱらった男のひととぶつかった。おうちに連れてって、と頼んでみた。男のひとは、びっくりした顔のまま、いっぱい頷《うなず》いた。

男のひとの家は、すぐ近くでした。コンビニエンスストアで働きながら、夏じゅうサーフィンをしているひとだった。トランクスを見て、男のひとは、笑った。笑い顔を見ながら、この男のひとはおいしそうだな、と思った。男のひとは、あたしたち、よっぽどのことがないとたべないけれど。陸のいきものは、固くて、えぐくて、骨も太いし、いくらあたしたちの歯がじょうぶでも、なかなかすりつぶすことができません。

　男のひとは、あたしの名前を聞きたがった。「名前なんて、ないよ」そう答えると、男のひとは首をかしげ、「なんか、わけ、あるんだね」と言った。名乗りたくないんなら、おれが適当につけたげよう。海から来たから、海石《いくり》って、どう。男のひとは言いました。

　あたしが海の穴から出てきたことは、もちろん男のひとには打ち明けていなかった。勘のいい男のひとだと思いました。海石って、ふしぎな言葉だね。そう言うと、男のひとは、じいちゃんに聞いたんだ、と答えました。じいちゃんは北陸の漁師で、七十過ぎまで毎朝船に乗って海に出てた。親父《おやじ》は会社員になったけど、おれはじいちゃんの血を濃くひいてるみたいで、海から離れることができないんだ。男のひとは言って、沖を見た。

　陸のいきものの言うことは、ちょっと大げさだなあ、とあたしは思いました。男のひとは翌日、あたしがはいていたトランクスを洗濯して、かわりに自分のトランクスを貸してくれた。水玉もようだった。かーわいーい。嬉《うれ》しがると、男のひとは、照れた。

何ヵ月かたった頃、男のひとは、結婚しよう、と言いました。あたしは断った。ずいぶん、残念だったけれど。男のひとのことを、あたしはすごく好きになっていました。だけど、あたしたちの「好き」は、陸のいきものの「好き」とは違うから、だめなんです。

あたしたちは、「好き」になると、みんな一緒になってしまうのです。「好き」と「好き」が引き合って、隣の穴の「好き」がやってきて、またその隣の穴の「好き」もこちらにくっついて、さらに隣の「好き」までくっついて、どんどん大きなものに育ってゆく。最初の「好き」は小さいけれど、育ったものはものすごくかさばった入り交じりのもので、しまいにはどの「好き」が自分の「好き」なのだかも、わからなくなってしまう。

陸のいきものは、「好き」になると、あたしたちと反対に、まじりあわないよう、まじりあわないよう、気をつけます。自分の「好き」が、ずっと綺麗《きれい》にすりへらないでつづいてゆくことばかりに、心をくばる。

あたしは男のひとを穴に連れてゆこうかとも思ったけれど、あきらめました。海の中では陸のいきものは息ができない、とか、習性がちがう、とか、そういうことは、案外かんたんに解決できるのです。いちばん大切なのは、たべものをすりつぶすための、歯のじょうぶさです。男のひとは、虫歯が多くて、おまけにサーフィンのときに歯をくいしばるらしくて、奥歯がものすごくすり減っていた。

男のひとのところを出て、あたしは違う男のひとのところに住みついた。その男のひとは乱暴で、おまけにたべものを大事にしなかった。性格が悪いことや、すぐに手を上げることは、まだ我慢できたけれど、たべものを粗末にすることは許せません。あたしは最後にはその男のひとをたべてしまった。予想どおりくさみが強くて、でも骨はあんまり太くなかったので、かんたんにすりつぶすことができました。

次に一緒に住んだのは女のひとで、その女のひとは、工場で肉まんに餡《あん》をつめる仕事をしていた。仕事から帰ると、余った餡をいつもあたしにくれました。餡は陸のいきものが材料なので、やっぱり少しくさかったけれど、女のひとがいいひとだったので、あたしは喜んでたべた。

結局その女のひとを、あたしは穴に連れ帰ることにしました。歯もじょうぶだったし。

女のひとは、大きな犬を飼いたがっていたけれど、住んでいるアパートでは、もちろん大きな犬を飼うことなどできなかったのです。海には犬みたいな感じのいきものも、いるよ。あたしが誘うと、女のひとは、そうねえ、行っちゃってもいいわねえ、わたし、昔許されない恋をして、そのひとと一緒にどこまでも逃げて、最後にはこの海辺に住みついたのよ、でもそのひと十年前に死んじゃったの、わたし、さみしいから、海石さんと一緒に行くわ、と言いました。

あたしは女のひとの手をひいて、海に戻った。穴はすぐにみつかって、あたしと女のひとは、いちにのさん、で、穴にもぐりこんだ。狭いのね。女のひとは、言いました。でもじきに、あたしのからだも、女のひとのからだも、穴のいきものに変わってゆきました。小さくほそく長くなって、すっかり落ち着きました。

あたしたちは、穴に住んでいます。連れてきた女のひとも、もうあたしたちの一人になってまじってしまったので、「女のひと」ではなく、ただのあたしたちになりました。穴の上に潮が満ちるとき、あたしたちは、じっと海の水のにおいをかぐ。潮が引くと、あたしたちは空を見上げる。空の色はたくさんあって、あたしはうすむらさきが好きです。あたしたちのうちの、ちがうあたしは、灰色が好きだと言います。

あたしたちは、すぐにものを忘れるけれど、海石という名だけは、残りました。あの夏からずっと、あたしたちは全員海石という名になった。穴に住みつづけて、魚をたべる。潮が満ちきると、ねむる。潮が引くと、空を見る。

海にきたら、あたしたちの名を呼んでください。海石、とよびかけられたら、あたしたちは穴の中で少しにょろりとしてから、なあに、と答えます。小さい声なので、耳に届くかどうかわかりませんが、きっと答えますから。

染谷《そめや》さん

籐《とう》で編んだ籠《かご》の中には、卵がぎっしり入っていた。

卵は、白くかがやいていた。少しだけ、表面がざらついているものもあった。

小学生くらいのこどもの頭が、ちょうどすっぽりと入るくらいの大きさの、胴のまんなかはふくらみ、口と底は、その胴のふくらんだ部分よりもいくぶんか狭い、こげ茶色の籠である。

少しだけ躊躇《ちゅうちょ》してから、わたしは両腕をのばした。それから、二の腕に力をいれ、思いきって腕を振りおろしたのだった。

染谷さんに出会ったところから、始めようか。

染谷さんは、近所のひとだ。たとえば、同じアパートに住んでいる、とか、バイト仲間、とか、友だちの友だち、などという説明ができるならばいいのだけれど、そういう感じの言葉にはうまくあてはまらない、ともかく、「近所のひと」なのである。

最初に会ったとき、染谷さんは川原で石を拾っていた。斑点《はんてん》のついた白っぽい石や、山みたいなかたちの黒石、平べったい灰色の石などを、うんしょ、と声を出しながら、土手にとめてある自転車まで運んでゆく。石はどれもけっこう大きくて、自転車の荷かごは、すぐにいっぱいになった。

染谷さんは、膝《ひざ》丈の少しくたびれたスカートに、うす茶色のカーディガン、それに白っぽいブラウスを身につけていた。頭は、きつくかかったパンチパーマ。ふしぎなおばさんがいるなあ、と思いながらじっと見ていたら、声をかけられた。

「石、うらやましい？」染谷さんは、少し離れたところから、大きな声で聞いた。怖いひとだと困るなあと思いながら、前おきなしの問いかけに、つい返事をしていた。

「あ、あの、ちょっとだけ」

染谷さんには、他人を油断させる何かがあるのかもしれない。わたしの返事に軽く頷《うなず》いた染谷さんと、気がついてみればいつの間にかわたしは並び、どうしたことだろう、せっせと石を運んでいるのだった。前の荷かごはすでにいっぱいだったので、深緑に塗られた古くさいデザインの自転車の、うしろの荷台に、染谷さんから渡された石を、つぎつぎにわたしはしまいこんでいるのだった。

結局その日は、染谷さんのところでお茶をごちそうになった。川原から十五分ほど歩いた市営の団地の、C棟に染谷さんは住んでいた。ちゃぶ台に向かいあって、そば粉のクッキーをつまみながら、紅茶を飲んだ。染谷さんの紅茶の淹《い》れかたは、なかなかのものだった。金色の輪が、表面にきれいに浮いていた。そば粉のクッキーに、紅茶はよく合うよね。染谷さんは言い、音をたてて紅茶をすすった。クッキー、染谷さんが焼いたんですか、と聞くと、染谷さんは首を横にふった。そんな面倒なこと、あたしがするわけないじゃない。

四階の染谷さんの部屋まで二人してせっせと運びあげた石を、染谷さんはキッチンのシンクの手前に並べた。クッキーを食べながらじっと石を見ていたら、染谷さんは、「あげないよ」と言った。

わたしは一瞬喉《のど》をつまらせそうになった。しばらくしてから気をとりなおし、「石、何にするんですか」と聞いてみた。

「売るのよ」染谷さんは答えた。

あ、あの、コレクターとかに、ですか?『無能の人』という、つげ義春《よしはる》の、川原で拾った石を売る男の漫画のことを、すぐさま連想しながら、わたしはへどもどと聞いた。

「ちがうよ」染谷さんは答えた。

拾ってきた石は、全部で二十個ほどあった。途方《とほう》に暮れた気分で、わたしは石を眺めた。この石、いんちき霊感商法のためのものよ。染谷さんはてきぱきとした口調で、説明した。

少ししけっているそば粉のクッキーを、わたしはもぞもぞと食べつづけた。紅茶はすっかりさめて、それでも金色の輪が、まだきれいに表面にひろがっていた。

「いんちき霊感商法」の商品を売りつけられるかと、しばらくは要心していたけれど、そんなことはなかった。

「だって求美《ぐみ》ちゃんみたいな、お金ない子に売ってもさ」染谷さんは、さばさばと言った。

わたしと染谷さんはしょっちゅう会って話をするようになっていた。染谷さんに会いたいときには、川原に行けばいいのだった。わたしのお休みは火曜日なので(わたしは近くのヘアサロンに勤めている）、晴れた火曜日にはたいがい川原に足を向けるようになった。染谷さんが川原にいるのは、午前中だ。午後に入ると、染谷さんは「霊感商法」の商売に出かける。正午近くに川原に着いたわたしを見つけると、染谷さんはいつも大きく手を振った。近くの弁当屋で買ったお弁当を、わたしたちは川原で一緒に食べた。染谷さんはいつも中華弁当を選んだ。

「甘酢の味が、いいのよねえ」箸《はし》で肉団子をつまみながら、染谷さんはつぶやくのだった。

籐の籠を染谷さんが持ってきてくれたのは、九月の終わりころだったか。あの時、わたしは、意気消沈していたのだ。ヘアサロンの下っぱの仕事は、なかなかに、きつい。薬剤で手は荒れるし、先輩は厳しいし、お客さんだって親切な人ばかりとは限らない。

「元気ないね」いつものように川原でお弁当を食べおわると、染谷さんは言った。

「そうでもないんですけど」

「隠しても、あたしは霊媒師《れいばいし》だから、わかっちゃうのよ」染谷さんは言い、立ち上がってお尻《しり》のあたりをぱんぱんとはたいた。そのまま、手招きをする。

え？　と首をかしげると、おいで、また紅茶飲ませたげる、と染谷さんは言った。

染谷さんの住む団地のC棟を訪ねるのは、最初のとき以来だった。あの時は春で、玄関の下駄箱《げたばこ》の上には、フリージアが一輪挿しにいけられていた。一輪挿しは古くさい感じのもので、なんだか田舎のおばあちゃんの家のおべんじょに飾ってある花みたい、とわたしは思ったものだった。

その日もやはり同じ一輪挿しに、桔梗《ききょう》が一本さしてあった。

「桔梗だあ」と、わたしはつぶやいた。

「求美ちゃん、あんた弱ってるよ、花に気を引き寄せられるなんて、何かよくないものが憑《つ》いてるにちがいないよ」染谷さんは、わたしの顔をのぞきこみながら、今まで聞いたことのない、ゆるやかな口調で言った。

「えっ」一瞬、わたしは硬直した。

「んなわけないでしょ」突然いつものてきぱきとした染谷さんの口調に戻る。

わたしはぽかんとした。

「霊感商法の話術よ、これ」染谷さんは笑った。

染谷さんはすぐに紅茶のしたくにかかった。染谷さんのきついパンチパーマを、わたしはぼんやりと眺めた。美容院ではなく、床屋さんでかけてもらったパーマにちがいない。髪の色は、真っ黒だ。カラーリングしているのだろうか。いや、染谷さんならば、何歳になっても白髪《しらが》ははえ出ないかもしれない。

紅茶は、その日もおいしかった。熱いうちにすると、紅茶の金色の輪がくずれ、ゆらめいた。

「少し、元気、でた？」

紅茶を飲みおわると、染谷さんは聞いた。さほど元気が快復したとは思えなかったけれど、わたしは、はい、と反射的に答えた。

染谷さんは、じろりとにらんだ。霊媒師の眼？　わたしは心の中でつぶやいた。染谷さんは、二回ほどじろりとにらみ、けれど何を言うでもなく、玄関でわたしを見送った。

そして、次の週に川原に来ると、籐の籠があったのだ。

「これ、使わせたげる」染谷さんはてきぱきと言った。

すでに説明したとおり、籠の中には卵がぎっしりとつめこまれていた。

「使う？」わたしは聞いた。

「きもちいいから」染谷さんは言い、川原の草の中に置いた籠を、ぐっとにらみつけるようにする。霊媒師の眼？　ふたたびわたしは心の中でつぶやいた。

ゆっくりとしゃがみ、わたしは籠の中をのぞきこんだ。一つ卵を取りだしてみる。

「生卵ですか？」

「そりゃそうよ」染谷さんは答える。

どうしていいかわからずに、わたしは染谷さんの頭のあたりを見た。くろぐろとしたパンチパーマ。先週よりももっと巻きがきつくなっている。パーマをかけなおしたのかもしれない。

「割りなさい」染谷さんは、簡潔に命じた。

しばらく茫然《ぼうぜん》としていたら、立っていた染谷さんがしゃがんだ。籠の中の卵を指さす。

これね。なまたまご。たくさんあるでしょお。求美ちゃん、元気ないでしょお。そういうときには、割るの。籠いっぱいのなまたまご。きもちが晴ばれとするわよお。請《う》け合《あ》いなのよお。

一言ひとこと、区切るようにして、染谷さんは言った。わたしは驚愕《きょうがく》した。

割るんですか。わたしは聞き返した。

割るんです。染谷さんはおうむがえしにした。

わたしは一度立ち、またしゃがんだ。それからまた、落ち着きなく、立ち上がった。

結局、わたしは卵を割った。

最初は表面に出ている二三個に、申し訳のようにちまちまと指さきでひびをいれていただけだったけれど、次第に興奮してきた。黄身と透明な白身がどろりと垂れて、てのひらがぬるぬるしてきた。どんどん気持ちよくなった。表面に出ているのを全部割り、中をひっくり返してまだ無事なのをさがしだして割り、しまいに籠の中に腕ぜんたいを入れ、思いきりかきまわした。

気がついてみると、籠の中は大変なありさまとなっていた。黄色と透明と殻の白とちょっと茶色がかった殻も混じり、もうわやくちゃだった。

「きもち、よかったでしょう」染谷さんが、静かに聞いた。

わたしは答えることができなかった。激しい運動をしたわけでもないのに、肩で息をしていた。手がぬるぬるして、心地悪かった。でも、気分はすごくよかった。そして、そのいい気分のもっと下のほうに、いやあな気分が少しだけあって、ぜんたいで、やっぱりものすごく、痛快な感じだった。

卵の残骸《ざんがい》は川原に撒《ま》き、籠は川の水でざぶざぶ洗った。うるしが塗ってあるのだろうか、籠はつるつるとしていて、汚れはしみこまず、きれいに落ちた。

じきに染谷さんは、まだ濡《ぬ》れている籠を自転車の荷台に積み、帰っていった。わたしはしばらく川原にとどまっていた。籠のこげ茶と、卵の黄色が、いつまでも目の奥に残っていた。卵の割れる感触も、てのひらに、腕に、ありありと残っていた。

染谷さんとは、今も川原でしょっちゅう会う。卵の籠の話は、しない。ときどき染谷さんは「霊媒師の眼」をする。したからといって、何が起こるわけでもないのだけれど。

寒くなったので、染谷さんはいつも買っていたオレンジジュースのかわりに、温かい紅茶を自動販売機で買うようになった。まずいねこれ、と言いながら、染谷さんは缶紅茶を飲む。あいかわらずいつも中華弁当を選ぶ。霊感商法、うまく行ってます？と聞くと、決まってるじゃない、と染谷さんは答える。それから、ずるずると音をたてて、缶紅茶をすするのである。

銀の指輪

「なんだかそれ、きもち悪いですね」

というのが、三木さんの感想だった。わたしの自作の、銀製の指輪を見せたときの言葉である。

「いや、きもち悪いって、いい意味で」三木さんはつづけた。

三木さんは、デパートのブランドショップに勤めている。ふだんのわたしにはまったく縁のないブランドなのだけれど、今年の春に従姉妹《いとこ》のさえ子ちゃんが結婚したので、三木さんと知り合うはめになった。

「はめになったって、なんですかその言いかた」三木さんは笑った。

さえ子ちゃんの結婚で知り合った、といっても、結婚式場で会った、とか、さえ子ちゃんの友人だった、というようなことではない。

「あなたに結婚する意思がまったくないことはもう、責めない。だから、親戚《しんせき》の集まるところでは、せめてきちんとした女の子らしい服を、着てちょうだい」と、わたしは母に言われたのである。仕方なく、「せめてきちんとした」服を買いに、母に引っ張られるようにして三木さんの勤めているデパートに行き、三木さんのお店でワンピースを買った、という次第なのだった。

ワンピースは八万円もした。

「ばからしいから、やめよう」と母に言っても、聞きいれてくれなかった。八万円あったら、銀細工に使う工具や材料をどのくらい買うことができるかを頭の中で素早く計算して、わたしは歯噛《はが》みした。

「でもあのワンピース、似合ってましたよ」三木さんはのんびりと言った。

確かにわたしにその淡いグレーのワンピースは似合っていた。すきとおった生地を何枚か重ねたようなデザインの、楚々《そそ》としたそのワンピースを着て試着室の鏡にうつったわたしは、髑髏《どくろ》とかぐるぐる模様のおどろおどろしい銀細工を毎日せっせとつくっている女には、ぜんぜん見えなかった。

三木さんはていねいにワンピースを包み、「お客さまカードにご記入いただけますか」とほほえんだ。二度とこの店に来ることはないから、結構でございますことよ。わたしが口に出してそう言う前に、母はにこにこしながら、自宅の住所電話番号、それから父の名前を、書きこんだ。

男宛《あて》にこんな女の服の店の案内送ってもらってどうすんだよ、とわたしは内心で思いながら、関節に力をこめてボールペンを握る母の指を、ぼんやり眺めていた。

それっきり三木さんとは会う機会もないと思っていたのに、翌週見に行った友だちのライブで、ばったり顔をあわせることになる。

「あれ、こないだのえびすまるさん」三木さんは言った。えびすまる、という三木さんの声に、何人かの人がちらりとこちらを見た。恵比寿丸。それはわたしの名字だ。「お客さまカード」に記入している時には、三木さんはなにくわぬ顔をしていたけれど、やっぱりこのへんな名字にちゃんと注目していたのだ。

「すいません、お客さまの個人情報、もらしちゃまずいですよね」三木さんは言って、頭を下げた。そういう問題とも違うんだけれど、と思いながら、わたしは三木さんの全身を素早く観察した。

デパートでは、黒っぽいタイトな上下に、シルバーの上等そうなアクセサリー、髪はまとめてアップにし、メイクは「きちんとナチュラル」だった。ライブ会場での三木さんは、ばりばりのつけまつげに、てろんとした花柄のミニに、こげ茶のニーソックス、爪《つめ》は親指が青であとの指はにごった白、頭には五種類以上の色を駆使したニットの帽子、といういでたちだった。

「あのお店の服、着てないんだね」と言うと三木さんは頷《うなず》き、きっぱりと答えた。

「はい。高いですもん」


「えびすまるって、村の名前かなにかなんですか」三木さんに聞かれた。

「村」

「ほら、村の全部の家がおんなじ名字、とかあるじゃないですか」

「それで、そこに都会から名探偵がやってきて、謎《なぞ》の連続殺人事件がおこるの？」

「そうそう」

三木さんは、自分の勤めているブランドの服がものすごく好きなのだという。

「でも、あそこの服をふだんに着るのは、しあわせな女になってからって決めてるんです」

三木さんの言う「しあわせな女」の定義は、ちょっと不思議なものだった。お金は、あるに越したことはないけれど、あんまりなくてもいい。恋愛も、まあ適当にあればいい。健康はけっこう大事。友達は、いてもいなくても大丈夫。なにより一番大切なのは、「揺るがないこと」なのだそうだ。

「揺るがないって、なにそれ」わたしが聞くと、三木さんはちょっと首をかしげ、

「とにかく動揺しない、っていうこと、かな」と答えた。

おかしなことを言う人だと思って、その時は「ふうん」と答えただけだったけれど、そのうちに、三木さんがやたら「動揺」しやすい質《たち》だ、ということがわかってきた。

ねえどうしましょう、今週の星占いで恋愛運がものすごく悪いって。ねえどうしましょう、こないだジャケット買ったんですけど、それより安くてもっといいの、次の日にすぐ見つけちゃったんです。ねえどうしましょう、年金払いつづけるのは損だってこないだ雑誌に。ねえどうしましょう、小さい頃飼ってた猫が、こないだ夢にでてきて、ものすごくうらめしそうに。

わたしにはそんなことばかり訴えるけれど、三木さんは表向きはちゃんとした大人の女だ。無遅刻無欠勤、売り場では店長の次の仕事を任されている。人にきちんと気をつかうし、敬語もちゃんと使える。ばかみたいに重そうなつけまつげをつけたりす

ぐ動揺したりするけれど、心根《こころね》は温かい。

「えびすまるさんて、動揺、しなさそう」三木さんは、言う。

そういえば、わたしは、動揺しにくい。少なくとも三木さんに比べれば。

わたしの作る銀製品は、いくつかのお店に置いてもらっている。ときどき、売れる。

お金がぜんぜん足りないので、バイトをしている。道路工事のときの車の誘導係。ビル清掃。それにティッシュ配り。

「肉体系ですね」三木さんは感心した。

体を使うのは、けっこう好きだ。でもそれよりも、こういうバイトは、ごちゃごちゃした人間関係がないから、いいのだ。

「人間関係、好きじゃないんですか」三木さんは聞いた。

人間関係が好きじゃないんじゃなくて、好きじゃない人間関係が、好きじゃないだけ。

そう答えると、三木さんはぶるぶると頭を振った。よくわからないです、えびすまるさん。

「下の子たちが、言うこと聞いてくれないんです」三木さんは、言う。

下の子とは、店長と三木さんとあと一人、ブランドから直接派遣された社員以外の、現地雇いの子たちのことだそうだ。

「現地雇いって、いい言葉だね」

「えびすまるさんっぽく言ってみました」

さぼる。売る気なし。または、やたら売りつけようとする。休み時間が終わっても帰ってこない。伝達事項を伝えない。声が小さすぎる。「下の子」たちの様子を、三木さんはどんどんぐちった。

「三木さんて、まじめなんだね」わたしが言うと、三木さんは少しうなだれた。

「まじめだから、動揺するんです」

三木さんに、わたしは銀製の指輪を一つ、あげた。炎をかたどった、とげとげしたデザインのものだ。

「お守りだよ、それ」と言いながら渡すと、三木さんは嬉《うれ》しそうに受け取った。

「地獄の炎だからそれ。言うこと聞かない若い子たちは、それでもって焼きつくしてやりなね」

三木さんは少しだけあとじさった。それから大きく息をすい、ありがとう、と言った。

しばらく製作のモチーフに悩んでいて、三木さんと会えなかった。

「お元気ですか」というメールが、何回かきた。それにも返事を出さなかった。一ヵ月ほどたったころ、

「もう、おしまいですか？」というメールが突然きて、びっくりした。

「おしまいって、わたしたち、そういう関係だったの」すぐに電話をして、聞いてみた。

「いやその、とにかく動揺しちゃって」三木さんは答えた。切迫した内容のメールをよこしたわりには、声は落ちついている。

きっとこの人、恋愛はあんまりうまくいかないタイプだろうな。わたしは内心で思ったりした。

その日の夕方、三木さんと待ち合わせた。コーヒー店のカウンターで待っていると、三木さんが走ってきた。黒いウールのスーツに、高いハイヒール、髪はきれいに巻いてバッグは高価そうな革。でも指には、わたしがあげた、その日の服装には不似合いな禍々《まがまが》しい大きな指輪を、しっかりとはめている。

「ひさしぶり」と言うと、三木さんはわたしの二の腕をちょっとさわった。

「さわってみました」三木さんは言い、もう一度、さわった。

ごはんを食べて、バーみたいなお店に入って、名前はちがうけれどおんなじような味の、甘っぽいカクテルを、それぞれ二杯ずつ飲んだ。三木さんはお酒に弱かった。

店を出てすぐ、

「へんなものがあるー」と言いながら、三木さんはしゃがみこんだ。

しばらく、三木さんの肩のあたりを上から見ていた。なで肩だ。

三木さんはいつまでも地面にかがみこんでいた。えびすまるさんも見てくださいよー。何回も三木さんが言うので、仕方なくわたしもしゃがんだ。

茸《きのこ》が、はえていた。居酒屋のビルの狭い通路脇《わき》に、まっ黄色のこまかな茸が、群れはえていた。

「こんなところに、よく」と言うと、三木さんはぶるっと体をふるわせた。

「きもち悪いですよね、これ」

そう言いながらも、三木さんはじいっと見入っている。

ひとつふたつむしって、三木さんに差し出した。きゃ、と三木さんは言って、しゃがんだまま、あとじさった。

「きもち悪いですよ。悪い意味で」三木さんは言い、茸をおしつけようとするわたしの手を大げさな身振りで避《よ》けた。

面白くて、わたしはしばらく、三木さんに茸をぴらぴらと見せつけた。

翌月店に納品した、茸をモチーフにしたシリーズは、その後、息の長いヒット商品となる。

まっさきに三木さんにそのペンダントトップを見せたとき、三木さんはしばらく手にとってから、

「うちのお店には、置けない感じのものですね」と感想を述べた。

「きもち悪い？　いい意味で」と聞くと、

「たぶん」慎重な口調で、三木さんは答えた。

茸がはえていたビルの前をその後通ったら、もう茸は消えていた。茸シリーズは、茸だけではインパクトが弱いので、マリア像をデフォルメしたものと組み合わせてみたりしている。

やっぱりきもち悪いですね、それ。いい意味でも悪い意味でも。三木さんは小さな声で言う。風がぴゅうと吹いて、三木さんは、なで肩をすくめる。

早く「しあわせな女」になりなよ。わたしは言い、いつかの三木さんの真似《まね》をして、三木さんの二の腕をさわってみる。いじわるですね。三木さんは答え、さわりかえす。

銀の指輪が、三木さんの細い指に、がっしりとはまっている。自分もしている自作の指輪を、わたしは三木さんの指輪にうちつけた。乾杯、をするように。それから、風がぴゅうぴゅう吹く中、いつものように二人して、あたたかいごはんを食べに行った。

すき・きらい・らーめん

一子《いちこ》ちゃんは、いちばん上の兄の娘だ。わたしにとっては、姪《めい》にあたる。

「カコちゃん」

一子ちゃんは、わたしをそう呼ぶ。おばちゃん、とは呼ばない。一子ちゃんとわたしとは、八つしか違わないからだ。

一子ちゃんは中学生、いっぽうのわたしは、今年度大学を卒業する予定だ。

「卒業したら、カコちゃんは、どのような社会人になりたいですか」というのが、いちばん最近、一子ちゃんから来た手紙に書いてあった文章だ。わたしと一子ちゃんは、文通をしている。一子ちゃんが小学校に入ったばかりのころからだから、かれこれ十年ちかくになるだろうか。

一子ちゃんには母親がいない。一子ちゃんが生まれてじきに、病気で亡《な》くなったのだ。

兄は結婚後すぐに転勤になった大分県に、ずっと住んでいる。だから、一子ちゃんは生粋《きっすい》の大分生まれ大分育ち、ということになる。

一子ちゃんのお母さんが亡くなってから、我が家では夏休みに一家をあげて大分へ旅行に行く習慣ができた。おにいちゃんと一子ちゃんの住むあたりには、とりわけいい泉質の温泉が湧《わ》いている。豪華な温泉宿ではなく、長湯治《ながとうじ》をする人たちのための質素な宿が、たくさんある。父が引退してからは、わたしたち兄弟姉妹（うちは五人きょうだいだ。兄二人に姉、それと弟が一人。わたしと弟の健《たけし》は、母が四十過ぎてからの「恥かきっ子」なのだそうだ）が帰った後も、父母は一ヵ月くらい湯治宿に逗留《とうりゅう》している。

「今の世の中では、四十過ぎて子供を生む女のひとは、少子化対策上大いに歓迎されるだろうに、恥かきっ子なんて、昔はへんな言いかたしたんですね」というのは、少し前に一子ちゃんがくれた手紙の中の文章だ。

一子ちゃんは、とても真面目《まじめ》な女の子だ。年のわりに、大人っぽい。それから、ちょっとだけ時代おくれな感じも、ある。携帯電話も持っていないし、おしゃれにもほとんど関心がない。一子ちゃんが今凝《こ》っているのは、クロスワードパズルをつくることだ。ちかごろの手紙の中には、必ず一子ちゃん作のクロスワードが同封されている。最初は七マス四方くらいのものだったけれど、いちばん最近のものは、百マス四方もあるものだった。

締切りぎりぎりで卒論を提出できたことにほっとして気が抜けたせいか、わたしは冬休みが始まってすぐに風邪をひいてしまった。サークルのクリスマスパーティーも、泊まりがけで友だちの家に行く予定も、見に行くはずだった映画の予定もぜんぶキャンセルして、ずっとこたつにもぐりこんでいた。

「ちょっとは起きて家のこと手伝ってよ」と母に言われても、生返事をして、うだうだしつづけた。

大晦日《おおみそか》の昼に、玄関のチャイムが鳴った。聞こえていたけれど、あいかわらずわたしはこたつにもぐりこんだままだった。だれか出てよー、という母の声がした。

しばらくしてから、もう一度チャイムが鳴った。誰も出ないでやんの。小声でぶつぶつ文句を言いながら、わたしはもっそりと半身を起こした。それから、いやいやこたつを出て、毛玉だらけのスウェットの上下のまま、ドアを開けた。

スカイブルーのコートを着た女の子が、立っていた。手にはスーツケース。えりもとには、白いマフラーをぐるぐる巻いている。

「東京は、そんなに寒くないですね」女の子は言った。「大分にくらべるとものすごく寒いってお父さんは言ってたんですが」

一子ちゃん。

わたしは叫んだ。久しぶりだねえ。ていうか、夏休み以来か。するってえと、そんなに久しぶりじゃないねえ。ていうか、わたし、へんな喋《しゃべ》りかたしてるよ。

夏に会ったときよりも、一子ちゃんはずいぶんと背が伸びていた。

「急に来てしまって、ごめんなさい。しばらく泊めていただけますか」

一子ちゃんは、はきはきと言った。

スウェットのひじのあたりの毛玉を、わたしは所在なくむしりとった。一子ちゃんて、わたしなんかよりよっぽど大人っぽいな。そう思いながら。わたしは一子ちゃんにスリッパを勧めようとした。けれど今朝母がスリッパをまとめて洗って庭先に干してしまっていたので、スリッパたてはからっぽだった。

おかあさーん、一子ちゃんが来たよー。わたしは奥に向かって声をだした。一子ちゃんは生真面目な様子で、静かに玄関に立っていた。

翌日の元旦《がんたん》には、二番目の兄が家族を連れてやってきた。前の晩、一子ちゃんはわたしの部屋にふとんを敷いて眠った。目が覚めると、一子ちゃんはすでに顔を洗って髪もきれいにとかしつけていた。寝床に入ったまま見ていると、一子ちゃんはスーツケースからじゅばんと縞柄《しまがら》の着物を出して、しゅっしゅと音をさせながら、着はじめた。

「す、すごいね」圧倒されて言うと、一子ちゃんは紐《ひも》を顎《あご》でおさえながら、

「洗濯機で丸洗いできる安い着物です」と答えた。

安いとか高いとかじゃなく、中学生なのに自分で着られるのが、だよ。言うと、一子ちゃんはしっかりしめた帯の前の部分をぱんと叩《たた》いて、

「近所の旅館の女将《おかみ》さんに教わりました」と言った。

一子ちゃんは着物をきちんと着付けるばかりでなく、台所の手伝いもこまごまとよくした。お雑煮のなるとをきれいに切りそろえ、ゆでた小松菜をぎゅっとしぼり、お餅《もち》が焼けるのをしっかりと見張っていた。

「東京のお雑煮は、うちのお雑煮と、おんなじですね」一子ちゃんは言った。

「康夫《やすお》にあたしが教えてやったのよ、妙子《たえこ》さんが亡くなった次のお正月に」母は、おつゆの味をみながら答えた。

一子ちゃんが、ちょっとだけ、ぴくりとした。

そのままにぎやかにお正月の飲み食いが始まり、一子ちゃんもにこやかに参加した。二番目の兄が酔っぱらい、父が酔っぱらい、母も饒舌《じょうぜつ》になり、だんだんぜんたいに「お正月」の空気が濃くなっていった。わたしはときどき、一子ちゃんをうかがった。一子ちゃんはいつもにっこりとほほえんでいた。

「ねえ、何か、あったんだね」

ころあいを見計らって小さな声で聞くと、一子ちゃんは口をぎゅっと結んだ。何も答えてくれないのかな、と思いながらしばらく待っていた。一子ちゃんは少しだけ首をかしげた。それから、こう言った。

「お父さん、再婚するんです。あたし、自分が子供で、やんなっちゃいます」

その日いちにち一子ちゃんは着物を着ていたけれど、わたしは夕方になる前にスウェットに着替えてしまった。

「おにいちゃんが再婚するのって、本決まりなの？」わたしが聞くと、一子ちゃんはうつむいた。

「そうみたいです」

そうみたいなのかー。知らなかったよ、ここの家の人間は誰も。

「まだ決まりたてのほやほやなんです」

一子ちゃんの言いかたに、わたしは笑った。一子ちゃんは、笑わなかった。

「いやな女なの？」わざとあけすけに、聞いてみた。

「いいえ、とってもちゃんとした人です」

ちゃんとした、ねえ。わたしは首をかしげた。さっき一子ちゃんがしていたように。

ちゃんとした、っていう言葉は、微妙だよねえ。

「いいえ、その女の人自体は、微妙じゃない、とってもほんとにちゃんとした人なんです」一子ちゃんはきっぱりと言った。

長兄が再婚相手だといって一子ちゃんに紹介したのは、一子ちゃんに着物の着かたを教えてくれた、「近所の旅館の女将さん」その人だった。

静《しずか》さんという名の「女将さん」は、夫をずいぶん前に亡くしていた。子供はいなかった。旅館のあととりだったので、夫が亡くなってからも忙しかったし、生活にも困らないしで、四十なかばの今までずっと独り身だった。

「お父さんから、口説《くど》いたらしいんです」一子ちゃんは説明した。口説く、という言いかたが、ちょっと時代遅れの一子ちゃんらしい。

「で、一子ちゃんは、何がいやなの」

「お父さんと静さんがセックスするのが、いやなんです」

一子ちゃんは、はきはきと答えた。

「セックスのことなんか知らない子供のころに再婚してくれればよかったのに。またはセックスなんてお茶の子さいさい、というふうにあたしがなったころに再婚してくれればよかったのに」

一子ちゃんは真剣な顔で言った。お茶の子さいさい、という言葉に思わず笑いかけてから、わたしは急にしんとしてしまった。

一子ちゃんが、なんだかとても可愛《かわい》かった。そして、なんだかとても、かわいそうだった。一子ちゃんは真剣な顔のまま、まっすぐ前をみつめていた。

結局これといった解決方法を思いつかないまま——むろん、父親が再婚するのをいやがる思春期の少女の心をとかす解決法なんて、百年も昔から一つとしてあったためしはないのだけれど——冬休みが終わろうとしていた。

一子ちゃんは翌朝帰ることになっていた。

「がめ煮と切り干し大根と煮豆のつくりかたをおぼえました」一子ちゃんは報告した。

この冬休みの、我が家の滞在での成果を話しあっているのである。

「それから、お父さんの写真を見たのが、よかったです」

長兄の康夫が子供のころのアルバムを、母が物置からひっぱりだしてきて、数日前に一子ちゃんに見せたのだ。鼻をたらしている長兄。まっぱだかで長ぐつだけをはいて走りまわっている長兄。塀の上でばんざいをしている長兄。筍《たけのこ》を掘っている長兄。クラスの女の子と並んでいる長兄。煙草《たばこ》を吸っている長兄(高校の制服を着ているくせに)。

「お父さんて、たいしてかっこよくなかったんですね」一子ちゃんは言い、ちょっと笑った。

「おれは若い頃はすっごいいい男だったんだぞって、いつも言ってるのに」

それからしばらく、一子ちゃんは黙っていた。

「ねえ、一子ちゃん、その、康夫おにいちゃんが再婚する静さんに、一子ちゃんのつくったクロスワードパズル、見せたこと、ある?」ふと思いついて、聞いてみた。

「あります」一子ちゃんは答えた。

「静さんが、教えてくれたんです、クロスワードパズルのつくりかた」

なあんだ。わたしは言って、笑おうとした。けれどうまく笑えなかった。一子ちゃんの顔をそっとうかがった。不思議な顔をしていた。苦いものと、すっぱいものと、甘いものを、いっぺんに食べたような顔。

「やっぱり子供でいやんなっちゃう、あたし。早く大人になりたいです」一子ちゃんは長いため息をついた。

ああ、一子ちゃんにくらべて、自分はほんとうに、苦労知らずで育ってきたんだな。瞬間、わたしは強く思った。一子ちゃん、ごめん。謝ってもしょうがないけど、ごめん。

一子ちゃんは、気を取り直したように、ぴょこんと立ち上がった。

「がめ煮のつくりかた、ちゃんとノートに書き出します。あとでチェックしてくださいね」

言いながら、一子ちゃんはえんぴつを手にした。チェックできるほど、わたし、よく知らないよ。答えると、一子ちゃんは笑った。それから、こう言った。

「カコちゃんは、いつまでも、このままでいてくださいね。決して、へんに大人じみたひとにならないでくださいね」

何と答えていいかわからなかったので、わたしは「ぎゃふん」と言った。ぎゃふん、なんて言ったの、生まれてはじめてだよ。笑いながら、わたしは一子ちゃんの髪をぐりぐりとかきまわした。一子ちゃんは、きゃあ、と小さな声をたて、部屋じゅうを逃げまわった。

次の土曜日に、大分に帰った一子ちゃんから手紙が来た。いつものようにまた、クロスワードパズルが入っていた。たった五マス四方のものだった。

すぐに解いてみた。横のマスには「すき」と「あい」、縦のマスには「きらい」と「おめでとう」が入るようになっていた。すっげえ、かっこいい、と思いながら、「きらい」の「ら」から始まる最後の横のマスを、いったいどんな言葉があらわれるんだろうと期待しつつ解くと、なんのことはない、そのマスの言葉は「らーめん」だった。

しばらくクロスワードの四角の中の言葉を見ているうちに、一子ちゃんの表情が思い出されてきた。苦いものとすっぱいものと甘いものを食べたときのような、あの表情。

でもまあ、ラーメンだから、いいんだよね。

心の中で思いながら、手紙をそっとたたんだ。一子ちゃん、がんばれよ。ていうか、あんまりがんばるなよ。大分の方向にむかって、これも心の中で、つぶやいた。それから一子ちゃんと過ごしたお正月の最後の夜と同じように、声に出して、「ぎゃふん」と言ってみた。声は、曖昧《あいまい》な感じで少しだけ響き、それからすぐに消えた。

パスタマシーンの幽霊

自慢じゃないけれど、あたしは料理が下手だ。

その証拠に、二十七歳になる今まで、人が食べて「おいしい」と言ってくれるようなものは、一回も作ったことがない。今までつきあった幾人かの男の子たちも、家族も、友だちも、あたしの料理を一回でも口にする機会のあった人たちは、誰もが二回めを避けようとした。

自分では「おいしい」と思う料理は、ちょっとは、あるのだ。たとえば、ケチャップごはん。

炊《た》きたてのごはん（炊飯器があるので、ごはんだけはふつうに炊ける。なんてありがたいことなんだろう）を茶碗《ちゃわん》によそって、バターをひとかけ、ごはんのてっぺんに落とす。そこにおしょうゆをほんのちょびっと、バターとおしょうゆで黄色茶色くそまったへんのごはんの周囲に、輪をかくようにケチャップを絞る。一呼吸おいてから、がーっとお箸《はし》でかきまぜる。こつは、かきまぜすぎないこと。ときどきケチャップだけの味の部分や、おしょうゆ味の強い部分があるのが、大事なのだ。

そんな、料理をしないあたしだから、恋人の隆司《たかし》の部屋でパスタマシーンを発見したときには、ものすごくびっくりした。パスタマシーンは、隆司の部屋のキッチンの棚の、いちばん奥にあった。銀色で、でもぴかぴかじゃなくて、なんだか使いこんである感じだった。

隆司は料理をしない。何回も言うようだけれど、もちろんあたしも。それじゃあ、このパスタマシーンを使うのは、いったい誰？

あたしの胸は、大きく一つ、どきんと打った。

「小人じゃないの」

というのが、隆司の答えだった。

あたしはすぐさま、隆司を問いただしたのだった。料理は下手だけれど、そのかわりあたしはものすごく率直なのだ。ねえ、誰がこのパスタマシーンを使ってるの。

「小人」

あたしはゆっくりと繰り返した。

「じゃなきゃ、猫とか」

「猫」

あたしは隆司の顔をまじまじと見た。無表情だ。

「このごろの猫って、ほら、お手伝いさんとかして働くみたいだし」

あたしは笑わなかった。隆司は一瞬だけ笑って、それから「しまった」という表情になった。あたしは率直なうえに、怒りっぽいのだ。

あたしと隆司は、あたしが棚から出してきたパスタマシーンをはさんで、こたつの両側に座っていた。マシーンにあたしの顔が映っていた。頭のてっぺんの方がひしゃげて、反対に、鼻と頰のへんはぶわっと広がっている。

「女なんでしょ」

あたしは聞いた。なにしろ率直だから。隆司は答えなかった。

「パエリアとか、土鍋《どなべ》で作っちゃうような」

あたしは続けた。

女性誌とかの料理ページには、何ヵ月かに必ず一回はパエリアが登場する、というのがあたしの持論だ。黒くてとがった貝や大きな海老《えび》がいっぱい入っている、黄色いスペインごはん。パエリアなんていう複雑そうなものを作るのは、料理自慢の女に決まってる。そのうえ、たしかパエリアは「パエリア鍋」とかいうものを使ってつくるはずなのに――炊飯器を使ってあたしがお米を炊くように――、世の中には、そのへんのありあわせの土鍋とかフライパンで、ささっとパエリアを作ってしまう女がいるのだ。

「もう別れるっ」

あたしは言い、隆司の部屋を飛び出した。

でも、すぐにあたしは隆司の部屋に戻った。

寒かったからだ。三月で、ずいぶん春めいてきていたけれど、風が強かった。あたしは上着を忘れてきていた。お財布も。お財布の入っているバッグも。わざとだったのかもしれない。隆司が追ってきてくれない場合に戻る口実をつくるために。

あたしは部屋に戻って、こたつに入った。隆司の部屋には一年中こたつが置いてある。というより、こたつを中心に、隆司の生活はできあがっている。食事も歯磨きもちょっとした家事もあたしとのセックスも睡眠も身支度も、全部こたつまたはこたつの周辺で隆司は済ます。

「ばあちゃんが使ってたこたつなんだ、これ」

いつか隆司は言っていた。隆司のおばあちゃんは、三年ほど前に、心筋梗塞《しんきんこうそく》で亡《な》くなっている。

パスタマシーンはよく見ると、最初の印象よりもっと古びていた。やっぱり、使いこんであるのだ。あたしはまた、かっとした。パエリア女め。

「それさあ、ばあちゃんのなんだ」

隆司が言った。

「え」

「ばあちゃん、死んだあとにときどき出て来て、パスタ打ってたんだ。この部屋で」

「ばあちゃんはさ、死ぬちょっと前に、このパスタマシーンを手に入れたんだ」隆司は説明しはじめた。

「ばあちゃん」は、蕎麦《そば》も打ったし、餃子《ギョウザ》の皮も手作りしたし、パンも焼いた。パスタはめん棒を使って作っていたけれど、念願のパスタマシーンを孫たちからクリスマスにプレゼントしてもらってからは、トマトやジェノベーゼやクリームの生パスタを、毎日作りに作ったのだという。

「でも、そのあと、すぐに死んじゃった」油がいけなかったのかも。ただでさえ太っていて高血圧だったのに、ほらパスタって、けっこう油、使うでしょ。

「地中海式ダイエットとかいう、パスタ食べるダイエットがあるじゃん」あたしが言うと、隆司は首をかしげた。

「ばあちゃん」の形見分けで、隆司はこたつとパスタマシーンをもらった。そして、

「死んだ次の次の月に、ばあちゃん、出てきた」というわけなのだった。

あたしは隆司の話を信じるつもりなどなかったが、把手《とって》がきゅっという小さな音をたてて廻るのを見た一瞬、「ばあちゃん」の影がそのへんをすうっとよぎったような感じがしてしまった。気のせいに、ちがいなかったけれど。

幽霊になって出てきた「ばあちゃん」は、まずタリアテッレを作った。ゆでて、そら豆とえびのソースであえてくれた。次の時には、タリエリーニを作った。これはイカ墨であえた。何度めかには、ラザニアを作ってくれた。手間がかかった。隆司も少

し手伝った。

「おばあちゃん、一緒に食べたの」

そう聞くと、隆司は頷《うなず》いた。食べた食べた。だって食いしん坊だもんあのひと。

最初はびっくりしたけれど、出てくるのは部屋の中だけだったし、ホラーな空気をかもしだすこともないし、生前のようにお説教もしないしで、隆司はすっかり「ばあちゃん」に慣れた。

「ばあちゃん」は、全部で四十回以上、出てきた。

でもある日突然、「ばあちゃん」は、あらわれなくなった。

「どうして」あたしは聞いた。

「唯子《ゆいこ》は、どうして、とか、なんで、とか、ばっかだな」

隆司はちょっと口をとがらせた。三十近い男が口をとがらせても、ぜんぜん可愛《かわい》くなーい。そう言うと、隆司はもっと口をとがらせて、あたしの頬をくちびるでつっついた。

そのままちょっとじゃれて、でもセックスはしないで、夕飯を食べに出た。近所のファミリーレストランに行った。あたしも隆司もお酒をほとんど飲まない。ケーキも食べようかと思ったが、お金がないので、やめた。

「帰る」

隆司の部屋にもう一度戻る予定だったのだけれど、なんだか急にあの部屋に行きたくなくなって、あたしは言った。

「そう？」

隆司は止めなかった。駅に向かって一人で歩きながら、あたしはなぜだかぶるっと体を震わせた。夕飯を食べてコーヒーを飲んで、じゅうぶん体は暖まっていたはずなのに。

しばらく隆司と会ってないな、とあたしは思った。給料日前でお金がないからかもしれなかった。こういう時、料理の作れる女だったら、安い材料を買ってせっせと隆司の部屋で「気のきいたありあわせ料理」――パエリアと同じくらい、あたしにとっては難しい――を作ったりするにちがいない。

隆司の方からも連絡がなかった。ときどきあたしは怖くなった。

このままなんとなく隆司と会わないようになっちゃったら、どうしよう、って。

料理ができないのがいけないんだ。

あたしは突然思った。それで、料理の修業を始めた。

あたしの修業は、まず主婦向け雑誌を買うことから始まった。「三分でできる簡単おかず」「安い豚肉を使ったいろいろおかず」「電子レンジでできます」そういうような見出しのある雑誌を、古本屋で五冊手に入れた。

じっくりていねいに、読んだ。あんまりよく、わからなかった。フライパンが熱くなったらって、どのくらいのこと言うの。もどすって、どういうこと。水にさらしてあくを抜く？　小口から切る？　油通し？

あたしは泣く泣く修業をした。豚冷しゃぶは、豚の脂身《あぶらみ》のところが白くえぐくかたまってしまった。さつま芋のヨーグルトサラダは、しゃびしゃびになった。セロリのマリネはすっぱいだけだった。

隆司のおばあちゃんが今すぐここに出てきてくれればいいのに。あたしは思った。それで、手打ちパスタとかローストチキンとか酢豚とか、ばりばり教えてくれればいいのに。

もちろん誰も、出てきてくれなかった。

隆司から連絡がなくなってから、二ヵ月になろうとしていた。

「ばあちゃん」の話は、嘘《うそ》だったんだな、やっぱり。あたしは思った。そろそろ別れ時だと思っていたところ、新しい女（パエリア）の持ってきたパスタマシーンをあたしが見つけたので、ちょうどいいと思って「ばあちゃんのだ」なんて嘘ばなしをして、でもその「ごまかし気配」を、ちゃんとあたしに悟らせるようにうまく雰囲気を作って。

「ごまかし気配悟らせ」がうまくいった証拠に、あの日、あたしは隆司の部屋に戻りたくなくなったではないか。

「口八丁男め」あたしは毒づいた。

あたしは主婦向け雑誌を、古新聞の下に乱暴に押しこんだ。隆司にもらったこまごましたプレゼントの類《たぐい》をゴミ用の袋に放りこんで、口をぎゅっと結んだ。隆司の写真はまとめて封筒にしまい、クローゼットの奥に隠した。

それから、携帯電話の隆司の名前を消去しようとした。でも、できなかった。

「ばあちゃん、助けて」

あたしは苦しまぎれに呼びかけた。でももちろん「ばあちゃん」は、助けてくれなかった。

最後にあたしは、がっちり決意をかためて、隆司の部屋を訪ねた。プレゼントの入ったゴミ袋と、隆司の写真の入った封筒と、ケチャップのチューブを一本持って。

「たのもう」

そう言いながら、あたしは合鍵《あいかぎ》でドアを開けた。

隆司が、いた。古びたTシャツを着て、一人でカップ麺《めん》を食べている最中だった。土曜日の午後だし、在宅しているとしたら絶対にパエリア女がいると思っていたから、あたしは拍子抜けした。

「たのもう?」隆司は目を丸くした。

「お別れに来ました」

あたしは言い、食器棚からごはん茶碗を取り出した。バッグからラップに包んだ一膳《ぜん》ぶんのごはんを出して、茶碗に入れた。電子レンジでチンした。冷蔵庫からバターを出してごはんのてっぺんにひとかけのせ、こたつの上に置きっぱなしになっているおしょうゆの小瓶をかたむけてひとすじたらっとかけ、持ってきたケチャップを絞りだした。

「なにそれ」

隆司が目を丸くしたまま、聞いた。

「せんべつ」

あたしは言った。隆司の持っていたお箸を横どりして、あたしはごはんをかきまぜた。白かったごはんが、ケチャップ色に染まっていた。


あの日以来、あたしは隆司と会っていない。

パエリア女が実在するのかどうか、結局は確かめなかったけれど、パエリアがいなかったとしても、二ヵ月も連絡をしてこないような男は、もういやだと思い切ったからだ。

隆司と二度と会わないことに決めて、しばらくあたしはすごく淋《さび》しかった。柄にもなく会社の仕事に身を入れようとしてみたりしたけれど、いくらあたしが身を入れたいと思っても、仕事は仕事だから、こっちの都合には合わせてくれない。

恋人だって、おんなしよ。こっちの都合に合わせてなんて、くれないよ。

というのは、「ばあちゃん」の言葉。

「ばあちゃん」があたしのところに出るようになったのは、隆司と会わなくなってから半年後だった。あんたのこと、気に入ったから。隆司より、鍛《きた》えがいがありそうだから。そんなふうに言いながら、「ばあちゃん」はあらわれた。

　あたしはたまげた。それから、すぐに慣れた。

　このごろあたしはばあちゃんの指導よろしきを得て、少し料理ができるようになった。

「今にパエリア女になってやる」

　あたしが言うと、「ばあちゃん」は人さし指を立てて、チッチッチッと非難する。料理自慢の女なんて、ロクなもんじゃないよ。

　あたしは今もときどき隆司のことを考える。いつかまた、より、戻るかな。「ばあちゃん」もいることだし。そんなふうに思う。でもやっぱり、もう二度と隆司と恋人の関係になることはないだろう。

「ばあちゃん」は、このままずっと出つづけるのかな。ちょっとこわくなる。でもきっといつか、隆司に見切りをつけたようにあたしにも見切りをつけて、「ばあちゃん」は、簡単に去ってしまうんだろうな。

　ばあちゃんは今日も、会社から帰るあたしを迎え、おいしい冷や汁の作りかただのなんだのを指導しようと、手ぐすねひいているにちがいない。あたしはバッグを持ち直し、混んだ電車に乗りこむべく、がっちりと体勢をととのえた。

ほねとたね

勝呂友紀《すぐろともき》の、顔は知っていた。でも、ちゃんと喋《しゃべ》ったことはなかった。

高一の一学期はときどき学校に来ていたけれど、夏休みがあけてからは、勝呂友紀は一度も教室に顔を見せていない。保健室にはたまに登校するという噂《うわさ》だけれど、ほんとうはどうなのか、わからない。

一学期のまんなかごろの全校集会のときに、数学のなんとかコンテストで金賞を取ったということで、校長先生が勝呂友紀に賞状を渡した。水泳部が都大会に出場、とか、剣道部が地区大会優勝、とかいう感じのやつは、ときどき集会で発表になって、そのたびに、いかつい男の子たちが体育館の前にある舞台にのぼっていって、校長先生からそっけなく賞状を受け取っていたけれど、数学のコンテストっていうのは初めてだった。

「数学、だって」と、あたしは前に立っている舞《まい》にささやいた。「金賞って、お金とか、もらえるのかな」舞は首をちょっとだけうしろにねじりながら、ささやき返した。

「五百円くらい？」

あたしが言うと、舞は笑った。それからまた、何事もなかったかのように、すっと前を向いた。

勝呂友紀が学校に来なくなったのは、コンテストで金賞を取ってしばらくしたころからだった。いじめが、ちょっとあったらしい。

数学で金賞取っていじめられるって、どういう感じなんだろうかと、あたしは思ったりした。そんなことでいじめる子たちって、ばかみたい、と思った。それから、そんなことでいじめられて学校に来なくなった子も、なんだかまぬけっぽいな、って。

でもすぐに勝呂友紀のことは忘れた。そのころ、あたしは足立伸吾《あだちしんご》のことで忙しかったのだ。足立伸吾は二年上の、バスケ部元部長だ。夏休み前のバスケ部三年生引退試合の後、あたしは足立伸吾に「つきあってほしい」と告げたのだ。学校のすぐ近くにある神社の境内で、あたしは足立伸吾に告白した。足立伸吾は「うん」と答えた。

夏休みの間、二回、あたしたちは二人っきりで会った。足立伸吾があんまりお金がないと言うので、二人で手分けしてお弁当を作って、神社の裏手にある原っぱで、ちっちゃなピクニックみたいなことをした。足立伸吾は豚のしょうが焼きを作ってきた。あたしは、ツナのサンドイッチとりんごをウサギに剝《む》いたものを持っていった。足立伸吾は、あんまり喋らない男の子だった。あたしばかりが喋っていた。ふつうの男の子って、だいたいが恥ずかしがりなものなんだよ。舞がいつか教えてくれたので、あたしのお喋りに、頷《うなず》くでもなく足立伸吾がただぼうっとしているだけでも、あたしは心配しなかった。

あたしと足立伸吾は、クリスマスまで、ときどき二人きりで会った。寒くなってくると、ピクニックをするわけにもいかなくなって、かわりに図書館に行った。足立伸吾は受験勉強をしなければならなかったからだ。来なよ、と誘われたわけではなかったけれど、行ってもいい、と聞いたら、足立伸吾は「うん」と答えたのだ。

あたしはいつも、足立伸吾の隣に座って、教科書とノートを広げていた。でもほとんど勉強はしなかった。足立伸吾の入試が終わったらどこに行こうか、とか、来年はバイトをしよう、とか、今夜のごはん何かな、なんていうことばかりを、だらだらと考えていた。

　そういう考えの合間に、たまに勝呂友紀のことを思い出すこともあった。ほとんど勝呂友紀のことを知らないので、考えはすぐにほかのことにうつっていったけれど。

「クリスマスくらいは、ちゃんとクリスマスして、くれるかな」

　足立伸吾が、あまりに「恥ずかしがり」で、ちっともデートらしいデートをしてくれないので、あたしは舞にそんなことを訴えたりした。

　けれど、クリスマスの直前に、あたしは足立伸吾にふられることになる。

「受験勉強が忙しいから」

　というのが、足立伸吾のつけた理由だった。これからはもう会えない。ずっと。足立伸吾は、そう言って顔をそむけた。

　あたしは承知しなかった。それなら、受験が終わるまでは会わない。でもその後は、また会おうよ。ね。

　何回も、言ってみた。でもだめだった。足立伸吾は、「もう会えない」と繰り返すばかりだった。あたしはすごく悲しかった。でも、もしかしたら、受験が終わってからもう一度頼めば、足立伸吾は会ってくれるようになるかもしれないと、かすかな希望をいだいてもいた。

クリスマスは、家で過ごした。舞を誘ったら、デートだって断られた。まるごと焼いた鶏《とり》を切りわけながら、お母さんが「今度鶏のからあげ、教えたげる。千晶《ちあき》、彼できたんでしょ。知ってるんだお母さん」と言って笑った。あたしはあいまいに頷いた。お母さんとお父さんは、遅くまでワインとかビールとかを飲んで起きていた。あたしは早々に部屋に引き上げた。今ごろ足立伸吾は何をしているんだろうと、あたしはずっと考えていた。

三月になって卒業式があったけれど、あたしたち一年生は式には出ないことになっていたので、足立伸吾には会えなかった。

「ねえ、どうしよう」

あたしは舞に相談した。舞は首を斜めにふった。(できたら、やめときなよ）という意味だ。でも、あたしはやめなかった。春休み、足立伸吾に電話をした。携帯とかメールじゃなく、正式な感じで家電《いえでん》にかけた。

足立伸吾のお母さんらしき人が出てきて、「伸吾は今おりません、ご伝言があればどうぞ」と言った。二回めにかけたときも、お母さんらしき人は、まったくおんなじことを、おんなじ口調で繰り返した。会社みたい。あたしはちょっと、ひるんだ。

結局携帯にかけて、ようやく足立伸吾と直接話すことができた。

「げんき」と聞いたら、足立伸吾は、

「うん」と言った。声が、遠かった。

「お弁当つくって、また、神社に行こうよ」あたしは誘った。

うん、とか、ううん、とか、はっきりしない感じの声を、足立伸吾は出した。だめかも、このひと、やっぱり。あたしはがっかりした。でも、できるだけ明るい声で、

「じゃ、次の週明け、昼ごろ校門で待ち合わせようよ」と言った。

足立伸吾は、同じように、うん、とか、ううん、とかいう、不明瞭《ふめいりょう》な言い方をして、じきに電話を切ってしまった。あたしはまた、ひるみそうになった。でもがんばって、電話を切ってからも、明るい気分でいつづけた。明るい気分って、保とうと思えば、ちょっとは保てるものなのだ。実際には明るい状況じゃなくとも。ものすごく、強い意思をもってすれば。

ともかく、ほんとうにだめってわかるまでは、がんばろう。あたしは思っていた。

週明け、あたしはお母さんに教わった鶏のからあげと、桜海老《さくらえび》とマヨネーズ入りの玉子焼きと、おむすびを作り、みかんの缶づめと缶切りもバスケットに入れて、待ち

合わせの校門前に行った。どこかのクラブが活動しているかと思ったけれど、校庭はしんとしていた。桜が、咲きはじめていた。

しばらく、あたしは待った。

足立伸吾は、来なかった。ずっとがんばりつづけて保ってきた、あたしの「明るい気分」は、何回も、しゅうっと溶けてしぼんでゆきそうになった（ほんとうは、夜中とか明け方とかに、すっかりしぼみきってしまったことが何回かあったけれど、あたしはがんばってまた「明るい気分」に息をふきこんで、再度、再再度、ふくらませなおしていたのだ）。

二時まで、あたしは待った。

足立伸吾は、来なかった。

連絡くらいしてくれてもいいのに。あたしは思った。それから、急に力が抜けて、地面に座りこんでしまった。

校門前のコンクリートは、ほのかにあたたかかった。あたしはしばらく体育座りをしていた。短いスカートをはいてきたので、パンツが見えているはずだったけれど、人通りもないのでかまわなかった。膝《ひざ》こぞうが、冷たかった。

そうしたら、勝呂友紀が、やって来た。

「あれ」

というのが、勝呂友紀の、第一声だった。最初あたしは、勝呂友紀だということがわからなかった。知らない男の子が来た。そう思っていた。

「加部《かべ》千晶さん、だったよね」勝呂友紀は言った。その瞬間、勝呂友紀の顔を思い出した。というか、目の前のそれが勝呂友紀の顔だということが、わかった。

「知ってるんだ？　あたしのこと」びっくりして、聞いた。

「同学年の人のフルネーム、みんな言えるよ」勝呂友紀は答えた。

あたしはまた、びっくりした。やっぱり数学コンクール金賞だ。

「それとは関係ないよ」勝呂友紀は笑った。ちょっとひきつった笑いかた。このひと、あんまり笑うのが上手じゃないんだ。あたしは思った。

「担任に名簿もらって必死に覚えたんだ。一年生が終わらないうちに登校するつもりで」

あたしは立ち上がって、もう帰ろうとした。勝呂友紀と喋りつづけるすじあいもなかったし。

けれど、勝呂友紀はあたしの前に立ちはだかった。

「それ、弁当でしょ」バスケットを見ながら、言う。

「そうだけど」あたしは正直に答えた。

「誰かと待ち合わせ」勝呂友紀は聞いた。

「待ち合わせだったけど、ふられた」あたしは正直に、言った。

勝呂友紀がまた、笑った。さっきと同じ、ひきつった様子で。でも、ばかにした笑いではないことは、ちゃんとわかった。

勝呂友紀は、もじもじ立っていた。あたしと背はあんまり違わない。肩幅も狭い。女の子と一緒にいるような感じだった。そのせいだろうか、あたしはあんまり考えずに、つい、言ってしまった。

「よかったら、一緒にお弁当、食べない」

勝呂友紀は、ものすごくきちんと、あたしの作ったものを食べた。

足立伸吾は、サンドイッチを半分残したり、ピーマンをよけたりしていたけれど、勝呂友紀は、骨つきの鶏のからあげの、骨がぴかぴかになるまで、ていねいに肉を歯でむしって食べた。おむすびの、うめぼしの種も、きれいにしゃぶりつくしていた。

「あ、きもちわるいかな」勝呂友紀は、じっと見つめているあたしに気づいて、聞いた。


「きもちわるい？」あたしは聞き返した。

「骨とか種とか、あんまりきれいに食べると、みんないやがるから」勝呂友紀は言った。

あたしは、ちっともいやじゃなかった。それよりも、考えないようにしていたけれど、足立伸吾がパンの耳を残したことがほんとうはちょっと悲しかった、ということがそのとき急に、わかってしまった。足立伸吾が、相槌《あいづち》をろくに打たないことも。メールの返事がすごく遅いことも。図書館を出てから、振り返りもせずにさっさと自分の家の方に向かっていってしまうことも。

みんなみんな、ほんとうは、あたしは、いやだったのだ。

あたしは勝呂友紀をまたじっと眺めなおした。

（この子と、あたし恋愛とか、するかな）

しないな。あたしは思った。勝呂友紀は、しゃぶりつくした鶏の骨とうめぼしの種を、おむすびを包んであったホイルで幾重にも包み、自分のポケットに入れた。

「そういえば、学校に、何しにきたの」あたしは勝呂友紀に聞いた。

「二年からはちゃんと登校、しようと思って」

「進級、できるの」

「テスト受けて、レポート書いたから」

「テスト、できたの」

「楽勝」

さすが、数学コンクールだ。あたしがつぶやくと、勝呂友紀は顔をしかめた。いじめられたことを、思い出したのかもしれない。

そのままあたしと勝呂友紀は、神社の裏手の日溜《ひだ》まりに座っていた。時計を見たら、三時になっていた。あたしたちはどちらからともなく立ち上がり、お尻《しり》をはたはたはらった。

帰りがけ、勝呂友紀は、みかんの空き缶を神社の入口の手水所《ちょうずどころ》で洗った。ひしゃくを使って、何回も勝呂友紀は空き缶をすすいだ。あたしと並んで駅まで行く途中、勝呂友紀は自動販売機の横にある空き缶入れを見つけて、缶を捨てた。電車を使わずに、勝呂友紀は歩いて帰ると言った。改札を通ってしばらくして振り返ったら、まだ勝呂友紀は立ってあたしを見送っていた。あたしは小さく手を振った。勝呂友紀は、振り返さなかった。

高二になって、クラス替えがあった。勝呂友紀と同じクラスになったので、ちょっとわくわくして待っていたけれど、始業式には勝呂友紀は登校して来なかった。

結局そのまま勝呂友紀はずっと学校を休みつづけ、夏休み前に、退学してしまった。

「アメリカの大学に行くそうです」と担任の先生が言ったときには、教室がざわついた。

「高校生なのに？」だれかが大きな声で言った。

「スキップして大学に入学できる制度が、アメリカにはあるのです」担任は棒読みみたいな調子で説明した。スキップだってー。またまただれかが言い、何人かの男子が、スキップスキップランランラン、と声をそろえて囃《はや》してから、どっと笑った。

あたしはなんとなく、ぼんやりしていた。勝呂友紀が、うめぼしの種をぎゅっとホイルに包んでいたのを、思い出したりしていた。

舞と一緒に帰る道すがら、勝呂友紀のことを、ちょっとだけ話した。すごいよね。あったまいいんだね。舞は言って、すぐに興味なさそうに話題を変えた。

そういえば、勝呂友紀と一緒にお弁当を食べてから、あたしは「明るい気分」を、無理に保たなくても、だいじょうぶになったのだった。ほんとうはあのとき、完全にふられたってわかったから、かえってずっと「明るい気分」を保ちつづけようとして、たまらなく苦しくなってしまったはずだったのに。勝呂友紀の、缶を空き缶入れに律儀《りちぎ》な感じで押しこむ姿や、上手じゃない笑いかたを見ているうちに、なんだかあたしは、足立伸吾のことなんて、どうでもよくなっていったのだった。あたしはそのことを、はっきりと思い出した。

やっぱり、勝呂友紀と、あたし、恋愛すればよかったかも。

一瞬、思った。いやいや、でも、ちがう。あの子とは、恋愛、できない。だってあたし、数学金メダル取った子となんて、何話していいかわからないし。だいいち勝呂友紀、好みのタイプじゃないし。

中途半端《はんぱ》な気分のまま、あたしは舞のうしろ姿を眺めた。もしこれが勝呂友紀だったらどうかな、なんて考えながら。

急に、あたしはへんな気分になった。悲しい、というのでもなく、淋《さび》しい、でもなく、たとえば、力をこめてぞうきんをぎゅうっとしぼるけれど、なかなかうまく水がしたたり落ちないような、そんな感じ。

恋っていう名前のものじゃなかった。でも、知らんふりは、できないものだった。そういうものが、あたしの体の中に、たしかに、今も残っているのだった。

あたしは舞の背中を指でつっついた。ねえ、こんど一緒に神社でピクニックしようよ。それで、おむすびと鶏のからあげ、食べようよ。

急にそんなことを言いだしたあたしを、舞はびっくりしたように振り返った。しぼりきれていないぞうきんの気分のまま、あたしは舞にむかってにっと笑ってみせた。へんな千晶。舞は言って、あたしのお腹《なか》のあたりをつつき返した。あたしはやるせない気分のまま、舞に腕をからめた。空を見上げると、まだむしむし暑いのに、秋みたいなうろこ雲が、空いちめんをおおっていた。

ナツツバキ

カーテンを開けると、また山口さんが来ていた。

「起こしちゃったかな」

山口さんは言い、申し訳なさそうに会釈《えしゃく》をした。

「山口さんが来てるって、知らなかったです。このごろ早くから明るくなるから、それでわたしもつられて起きちゃうんです」

そう答えると、山口さんは、ほっとしたように笑みをうかべた。

「早朝のナツツバキを見たくなっちゃってね」

言いながら、山口さんは麦わら帽をぬいだ。この前来たときよりも、ちょっと白髪《しらが》がふえている。何か、苦労ごとでもあったのだろうか。

「ああ、これ」

自分の頭を指さしながら、山口さんは首をかしげた。

「仕事がいそがしくて。いや、いそがしいのはいいんだけど、無駄な段取りが多くてね」

山口さんは少し前から「村」の助役補佐になったと言っていた。四十二歳という、山口さんの年齢の者としては、異例の出世なのだそうだ。

「決まりきった仕事だってタカをくくってたんだけど」

山口さんは肩をすくめる。

「仕事じたいはルーティンワークなんだけど、人間関係の調整がね」

それはまあ。わたしは言い、あいまいにうなずいた。

鉄柵《てっさく》のすぐ前に、山口さんは立っている。わたしがベランダに出ると、山口さんの上にわたしの影が落ちた。明けがたのうすい日の光でできる影は、輪郭がぼやぼやとしている。

「ナツツバキ、今が盛りだなあ。誠子《せいこ》さんのベランダは、ほんとに落ちつくねえ」

言いながら、山口さんは背伸びをしてナツツバキの花に顔をうずめた。ナツツバキの花は、山口さんの顔の二倍くらいあった。顔ぜんたいを花弁がとりかこんで、花とヒトの混じった不思議な生きものみたいに見えた。

山口さんは、コロボックルだ。

コロボックルっていうのは人間のつけた名で、ほんとは僕らは違うふうに自分たちのこと言うんだけど、説明するのも面倒だから、コロボックルってことにしといて。

いつか山口さんに言われた言葉である。

山口さんと初めて遭遇したのは、このベランダだ。引っ越してきてしばらくした頃だった。小さな馬酔木《あしび》の花の陰に、山口さんは立っていた。

「やあ」

というのが、山口さんの第一声だった。

「やあ」

わたしも答え、それから山口さんとの「つきあい」が、始まった。

「コロボックルったって、ヒトの一種だから」

山口さんは言う。体は小さいけど、機能は一緒。恋もするし子供も生む。歳《とし》もとるし死にもする。戦争は、まあ人口が非常に少ないから起こらないけど、諍《いさか》いくらいはしょっちゅうある。

「僕たちは、けっこうみんな短気でね。誠子さんみたいに、落ちついてる女の人は、助かるよ」

山口さんは言う。

「落ちついてないですよ、わたし」

答えると、山口さんは笑った。

「でも誠子さんは、樹木を育てるのが上手だ」

それは、まあ。わたしは慎重に答える。山口さんがわたしの小さなベランダに姿をあらわしたのは、木に咲く花が好きだからだそうだ。木に咲く、白やうすもも色や黄色の花。

「木は背が高いから、僕らは遥《はる》か下方から遠く眺めることしかできない」

山口さんは言う。

「でもこのベランダの木は、みんな丈が低くて、親しみ深くて、いいんだなあ」

わたしのベランダには、樹木が多い。草本《そうほん》ではなく、木本《もくほん》。小さなサザンカに、小さなひいらぎ。小さなツツジに、小さなさんざし。山口さんに指摘されるまで、自分が木本好きだということに、気づいていなかった。

「たいがいのベランダ園芸ってさ、ハーブとかゼラニウムとかパンジーとかトマトとかナスとか、そういう、弱腰《よわごし》なものばっかりでしょ」

山口さんは、いつか言っていた。弱腰、という言葉に、わたしは笑った。トマトやナスって、ぜんぜん「弱腰」じゃないと思いますけど。

「茎がね、葉っぱとかも、剛直じゃないよ。僕はなんといっても、どっしりした、ヤツデみたいなのの方がいいな」

ヤツデが「どっしり」しているという山口さんの言葉に、わたしはまた笑った。山口さんも一緒に笑っている。山口さんは、生きてゆくことに関して、ちゃんと自信を持っている感じがする。どんなに体が小さくとも、山口さんの種族のすべてである「村」の人口がわずか五十人ほどであっても、確固としたものが、ある。

わたしには、自信というものは、ほとんどない。三十過ぎても男の人とつきあったことがないし、仕事だって小さな会社の一般事務職だし、性格だって特徴がなくて地味だ。

「でもナツツバキの花をきれいに咲かせるよ」

山口さんは言ってくれる。

わたしは山口さんに、片思いをしているのである。十分の一ほどの大きさの男の人に片思いなんて。自分でも、思う。でもやっぱり、山口さんのことが、わたしは好きなのだ。

「誠子さんは大きくなったら、何になりたいの」

いつか、山口さんに聞かれた。

「大きく？」

わたしは聞き返した。

「だって、まだ誠子さん、育ちきってないでしょ」

でもわたし、もう三十二歳です。そう言い返したけれど、山口さんはにこにこ笑うばかりだった。

「ヒトはねえ、死ぬまで成長するんだからさ。平均寿命八十歳の時代、三十二なんてまだ子供みたいなもんだよ」

はあ。わたしはあいまいに頷《うなず》いた。山口さんはただ、三十二という年齢が八十にくらべて少ないという意味を述べたにすぎないのだろうけれど、わたしは少しばかり傷ついていた。「育ちきっていない」という、山口さんの言葉に。

自分がまだ男の人とちゃんとつきあったことがないことを、わたしは気に病んでいる。

じょうろの水を、わたしは木の根元に乱暴にそそいだ。山口さんの服に、はねがあがった。縞《しま》の上着に、同じ柄のズボン。どこかのヒトが着古した背広を古着ゴミの日に拾ってきて「村」のテーラーに縫ってもらったのだと、前に聞いたものだ。ふつうのヒトが着れば細縞なのだろうけれど、山口さんが着ると、顔の幅ほどの太さのポップな感じの縦縞スーツになる。

「あれれ、濡《ぬ》れちゃったよ」

山口さんは言い、体ぜんたいをぶるんと揺らした。

ごめんなさい。わたしは口の中でもごもご言って、山口さん用につくっておいてある小さな布きれを渡した。古くなったシーツを、こまかく四角に切ったものだ。

ありがと。山口さんは言って、服をぬぐった。無頓着《むとんちゃく》にぱたぱたと布を使う山口さんを、わたしはそっと盗み見た。といっても、わたしにとっての小さな目の動きは、山口さんにとってものすごくわかりやすい大きな動きに違いない。

山口さんは、わたしの気持ちに気づいているんだろうか。

ときおり、わたしは思う。

気づいていたって、でも、どうしようもない。なにしろ山口さんはわたしの十分の一しかないヒトなのだから。ふつうに二人で出かけることができるわけでもないし、一緒に暮らせるわけでもない。共通の話題だって、ベランダの植木のことくらいしかない。

わたしは軽くため息をついた。山口さんの耳には、ごおっ、という強い風の音のように聞こえているかもしれない。見ると、山口さんはまたにこにこ笑っている。やっぱりこのヒトが好きだなあ。わたしは思って、二度めのため息をついた。


二人で出かけることなどできない、と言ったけれど、ほんとうは一回だけ、二人で遠出をしたことがある。

去年のお盆休みのことだった。

お盆のお休みの一日め、所在なく鉢《はち》に水やりをしていたわたしの前に、山口さんがあらわれた。いつものようなスーツ姿ではなく、少しばかりよれっとした半袖《はんそで》のシャツに、着慣れた感じの半ズボンを身につけていた。

「僕も、お盆休みなんだ」

山口さんは言った。

しばらくわたしは水やりを続けていたけれど、思いきって、

「高尾山に行ってみませんか」

と提案したのだった。

僕の夢は高尾山に行ってみることなんだ。前に山口さんが言った言葉を、わたしはずっと覚えていた。あそこは、植生《しょくせい》がけっこう面白いって、いつか本で読んだことがあってさ。山口さんは言い、鉢植えの小さなひいらぎの幹を撫《な》でたものだった。

いろいろ迷ったすえ、山口さんを運ぶのは、深めのおせんべいの空き箱と決まった。ふたに穴をいくつもあけ、底の広いかばんの、荷物のてっぺんに乗せておく。人がいない時に、すぐにふたをあけて、山口さんと話ができるように。

お盆の高尾山は、混んでいた。なかなか山口さんと会話をかわすことはできなかった。ケーブルカーをおりてから、四十分ほどかけて頂上までのぼった。ときおり道をはずれて、休んだ。人影がないのを確かめてから、おせんべいの箱のふたをずらし、山口さんに声をかけた。

「ちょっと暑いけど、だいじょうぶ。保冷剤を入れておいてくれたのが、よかった」

ほてった顔で、山口さんは答えた。

頂上近くで、本格的に道をそれた。といっても、遭難すると大変だから、たくさんの目印をつけておいた。歩いて五分ほどのところに、ちょっと開けたところがあった。箱をかばんから出して、地面に置いた。ふたを開けると、山口さんが飛び出してきた。

「着いたんだね」

言うなり、山口さんは駆けだした。一時間ほど、山口さんは帰らなかった。わたしは途中のコンビニエンスストアで買ったおにぎりとしゅうまいを食べた。水を少し飲んで、それから、いつもかばんの中に入れてある干しあんずを、ゆっくりと口に入れた。五つ、順に、食べた。

戻ってきた山口さんは、興奮していた。

「いろんなシダがあったよ。広葉樹の葉もたくさん拾ったし、このへんはすごいねえ」

山口さんは腕いっぱいに葉をかかえこんでいた。押し葉にしたいな、誠子さん、いらない紙があったらその紙でこの葉っぱをはさんで、本の間か何かに入れて持って帰ってくれるかなあ、頼むよ。ひと息に山口さんは言った。

わたしはていねいに葉っぱを包み、文庫本の間に一枚一枚はさんだ。山口さんはおにぎりにかぶりついていた。しゅうまいにも。

おにぎりの角ひとかけと、しゅうまい半分を、山口さんは食べた。干しあんずを勧めたら、笑いながら断られた。ちょっとそれは、きりとるのが大変だからな。固いものよりも、そういう、にょっちりしたものの方が、難しいんだよ。山口さんは説明した。

　ふたたび山口さんを箱に入れ、帰路についた。部屋に戻ったのは午後の遅い時間だった。部屋に寄ってお茶でもどうですかと誘ってみたけれど、山口さんは礼儀正しく断った。文庫本の間から葉っぱを出して、山口さんに渡した。にこにこしながら腕いっぱいに葉っぱをかかえ、山口さんは帰っていった。

　それ以来、山口さんと二人きりで長い時間を過ごしたことはない。

　男の人とつきあうって、どんなかなあと、わたしは思う。今まで、そういうことはあんまり考えたことも、望んだこともなかったけれど、山口さんと会って以来、しょっちゅう思うようになった。

　山口さんに、恋人がいるのかどうかは、知らない。いるような気もする。でも山口さんの「村」は、全人口が、五十人なのだ。山口さんにちょうどいい年格好の女のヒトは、きっと数人ほどしかいないだろう。希望は、まだある。

　山口さんにお似合いの、小さくてかわいい女のヒトの姿を想像すると、胸がいりいりする。その女のヒトと山口さんが、手をつないだりキスしたり仲良くぺちゃくちゃお喋《しゃべ》りしあったりしているところを想像すると、目の前が暗くなる。どれもわたしには経験のないことだから、つきつめてゆくと、てのひらの隙間《すきま》から水がこぼれてしまうような感じで、最後はよくわからなくなってしまうのだけれど。

わたしは、さびしがっているんだ。

山口さんが来るようになってから、そのことがよくわかった。正確に言うなら、さびしがっていることを、ふだんはほとんど気にしていない、ということ自体を、さびしがっているのだ。

山口さんは、いつまでここを訪ねつづけてくれるだろう。サンドイッチ用の薄いパンで、今度はホットトーストを作ってみよう。いつか六枚切りのパンで作ったものを山口さんに勧めたら、ものすごく食べづらそうにしていた。それでも山口さんは礼儀正しいから、大きく口を開けて、がりがりとかじった。山口さんのこぼしたパンくずを、すずめがついばんでいた。山口さんと並ぶと、ハスキー犬くらいの大きさにみえた、すずめ。

片思い。

わたしはつぶやいてみる。さびしさが押し寄せてくるけれど、そのさびしさは、やっぱり最後のところで、てのひらの隙間から、するっともれていってしまう態《てい》のものだ。

シャワーを浴びて、髪をかわかした。じきに、山口さんが来るころだ。ナツツバキに水をやり、わたしはベランダの框《かまち》に腰かける。

銀の万年筆

危ないな、と思った。

それが一時間ほど前のことで、あんのじょう、わたしは今ホテルにいる。

「さよちゃん、好きだよ」

と、桂木《かつらぎ》くんが言っている。

うれしい、と、わたしは思う。それから、心をこめて桂木くんを抱きしめる。ていねいにキスをする。服をゆっくりと脱ぐ（一部は、脱がされる）。桂木くんの動きにできるだけ添うよう、こころがける。声も、出してみたりする。

ホテルを出たのは明けがただった。

「着替えに帰らないとね」

桂木くんは言い、わたしと手をつないだままホテルを出た。始発から三本目の電車に乗り、桂木くんが先に降りた。わたしはもう少し先の乗りかえ駅まで行き、そこで私鉄に乗りかえるのだ。

桂木くんは、学生時代のサークルの同級生だ。二人きりで会うのは初めてじゃなかったけれど、つきあっているというわけではなかった。

「メールするね」

そう言い置いて、桂木くんは降りていった。窓ごしに小さく手を振ると、桂木くんも、恥ずかしそうに振り返した。

なんだかこのごろ、やたらに男の子に「もてる」。

女子たるものも男子たるものも、せいいっぱい「もて」をめざすべし、という風潮がこのところの世間さまでは強いみたいなのだけれど、わたし自身はそういう感じのこととは無関係、と、思いこんでいた。

大学のときにつきあっていた北村くんと別れて以来、わたしには恋人と呼ぶことのできる男の子がずっといなかった。二十五歳で実家を出て、一人暮らしを始めた。あっという間に五年がたって、三十になった。仕事は忙しい。クラシックギターを習っている。ときどきお酒を飲む男友だちはいる。女の子の友だちは、もっとたくさんいる。恋愛をしたい気持ちは少しあったけれど、めんどくさい、という気持ちのほうが、ちょっとだけ多かった。総理大臣の国民支持率が、五十パーセントをわずかに切る、みたいな感じだ。

今年の二月に三十歳になってから、突然「もて」がはじまった。

三月に、同期で営業所属の平井くんに誘われた。あんまり縁のない同期だったので、ちょっと腰が引けた。会社関係の相談事、とかいうものだろうなと、少しばかり重い気分で待ち合わせの場所におもむいた。相談は何もない様子だった。ただお酒を飲み、入社当時の思い出話をし、共通の知り合いのあれこれを喋《しゃべ》った。

（この人、いったい何のためにわたしと会ってるんだろう）と思いながら、並んで歩いていた。駅まで行く間に、平井くんはわたしと手をつないだ。酔っていたので、あまり考えもせず、そのままにしておいた。

気がつくとホテルにいた。「好きだったんだ、ずっと」と、平井くんは言った。わ、わたしは、そ、そういう感じのこと、あんまり、か、考えたことはなかったんだけど。そう思いながら、自分のはだかのお腹《なか》を眺めた。天井に鏡があって、うつっていたのだ。ラブホテルは、ものすごく久しぶりだった。十年ぶりくらい。

十年前よりも内装がシンプルだと思った。平井くんはセックスが上手、みたいな気がした(較《くら》べることができるほどの経験がないので、こういう言いかたになる)。平井くんとは、それ以来、月に二回ほど会うようになった。

四月になると、吉田《よしだ》先生に誘われた。

クラシックギター教室主任の立原先生が、たまに都合で休むときにかわりで来る、まだ二十代の先生だ。

「立原先生には、大学受験の実技のための個人教授をしてもらってたんだ」吉田先生は言いながら、グリーンカレーをスプーンいっぱいにすくいとった。わたしは外国の銘柄の小瓶のビールを、ちびちびと飲んでいた。

「大竹さんは、恋人とか、いるの」吉田先生は聞いた。

「そんなには」どう答えていいのかわからずにそう言うと、吉田先生は笑った。

「そんなには?」

「いや、もう十年近く、ずっと恋人はいない、です」平井くんは、恋人、というものではないしなあ。自分にそう言い聞かせるようにして、答えた。

「大竹さんのほうが年上なんだから、ていねい語使わないでよ」吉田先生は言った。

「でも、先生だし」

もうここの教室に教えに来ることはしばらくないから、先生じゃなくなるし。吉田先生は言いながら、またグリーンカレーを口にはこんだ。秋に留学することになったのだ、と吉田先生は説明した。

「どこですか」

「ブダペスト」

ブダペスト、という響きを聞いて、わたしは少しほっとした。行ったことのない場所。きっとこの先も行くことのない場所。なんだか、安心する。

嬉《うれ》しくなってビールをどんどん飲みはじめたら、酔った。気がつくと、ホテルにいた。吉田先生は筋肉がきれいについていた。ほとんど喋らずに、二人で体だけを動かした。二時間でホテルを出て、ろくにさよならの挨拶《あいさつ》もかわさず別れ、そのままもう会わなくなるかと思っていたが、次の週に吉田先生のほうから電話してきた。

平井くんほどは頻繁《ひんぱん》ではないけれど、そのまま、会いつづけている。

五月には田山くんに誘われた。六月には小林先輩。平井くん、吉田先生と同じく、「気がついてみると、いつの間にか」ホテルにいた。

さっぱりわからなかった。

わたしは、とりたてて美人というわけではない。いつも、ダイエットをしなきゃ、と思っている。気のきいたことを喋ることもできない。かといって、人の話を引き出してじっくりと聞いてあげる、というような度量の大きさもない。

「星占いなんかで、千年に一度くらい、本来不可能な星の並びが、奇跡的にできちゃったようなものなんじゃないか」

手帳の、小林先輩と最初にホテルに行った日付の空欄に、メモした言葉だ。

八月を過ぎると吉田先生からは音沙汰《おとさた》がなくなったけれど、かわりに桂木くんが登場した。

わたし、ほんとうのところ、どのひとが一番好きなんだろう。

何回も、自問自答してみた。答えは出なかった。

それではと、それぞれのひとの、ちょっと嫌なところを考えてみた。貧乏ゆすりをする。酔っぱらうとくどくなる。CDに自分の好きな曲を焼いてきてくれるのはいいんだけれど、わたしの好みとは百八十度違う。靴下の趣味が悪い。

どれも、決定的なことではなかった。これだから嫌い、と言えるほどには。

どうしていいのか、わからなかった。このまま全員とつきあっていくのが、よくないことだということだけは、わかっていた。けれどそれでは、誰と別れて、誰と続ければいいのか。

ぜんぜん、わからなかった。

平井くん、田山くん、小林先輩、桂木くん（吉田先生は外国に行ってしまったので勘定にいれなくていい。ちょっと、ほっとする）。その四人と同時につきあっていることを、わたしは誰にも打ち明けていない。

非難されるのがこわい、というのではない。ただの思い違いなんじゃないか、妄想におぼれてるんじゃないかと、疑われるのがオチだと思うからだ。

わたし自身だって、これは何かの間違いなんじゃないかと、しょっちゅう、思う。

けれど、どの男の子も、律儀《りちぎ》にメールや電話をくれて、律儀に食事に誘ってくれて、律儀にホテルに連れていってくれる。

「もしかして、わたしって、マ性？」

という文字が、先月終わりくらいの手帳の空欄に書きこんである。魔性の「魔」という漢字が思い出せなかったらしい。

でも、魔性の女、とかいうものとも、もちろんわたしは全然ちがう。そのことは、よくよく承知している。

平井くんと会っているときは、平井くんのことが好きだ。田山くんと会っているときは、田山くんのことが。小林先輩も桂木くんも、顔をあわせている間は、はっきりと「好き」と思う。

けれど、部屋に戻ってそれぞれのひとたちと過ごした時間を思い出そうとすると、すべてがぼんやりとしてしまう。

「恋愛のことを、ほんとは、わたしは知らない、きっと」

先週、手帳に書きこんだ言葉である。

男の子たちと別れるときのことを、想像してみる。とても、悲しい。平井くんと別れるのも、田山くんと別れるのも、小林先輩あるいは桂木くんと別れるのも、どれも、ものすごく悲しいことのように思われる。

ベッドの上で、わたしはうつぶせになる。いちばん眠りやすい姿勢なのだ。このごろ怖い夢ばかり見る。どこまでも下りつづけてゆくエレベーターに乗っている夢とか。たんすの中に見たこともない生きものが隠れている夢とか。

枕《まくら》に顔をうずめて、深く息をすう。いつも使っているシャンプーのにおいがする。明日、誰からも連絡がありませんように。そう願いながら、わたしは目を閉じる。

銀座に来るのは久しぶりだった。伊東屋《いとうや》の、中二階にまっすぐに行った。便箋《びんせん》を買いに来たのだけれど、上の階に行く前に万年筆を見てみようと思ったのだ。

鼈甲《べっこう》の万年筆。金色の線のあしらってある万年筆。ずっしりとしたロケット型の万年筆。アンティークの、石の入った万年筆。

どれも十万円以上する。ふつうの万年筆売り場から、少し離れたところにあるガラスケースの中に、それら「特別」な万年筆はディスプレイされている。

うっとりと、わたしは眺めた。

たいがいが男持ちのものだったけれど、一本、きゃしゃな銀色のものがあった。唐《から》草《くさ》のように銀が万年筆の胴体をおおっている。大雑把な唐草ではなく、こまやかな凝《こ》った細工のものである。

眺めて終わりにするつもりだったのだけれど、どうしても一度だけ手に持ってみたくなった。お店の人に頼んで、ガラスケースを開けてもらった。

慎重に鍵《かぎ》を使って、お店の人は銀の万年筆を出してくれた。ためし書きなさいますか。

「波辺」と書かれた名札をつけたその男の人は、柔らかな声で聞いた。わたしは頷《うなず》いた。

売り場のカウンターに戻り、「波辺」さんはインク壺《つぼ》から万年筆にインクを吸い上げた。

ブルーブラックのインクで、わたしは線や丸や小さな魚をためし書きしてみた。何か文字を書いてみよう、と思って、けれど何も思いつかないので、「平井」「田山」「小林」「桂木」と、四つの名字を並べてみた。どれも、縦横の線の多い名字だ。もっと斜めの線も書いてみなくちゃ。そう思って、お店の人の名字「波辺」を、四つの名字の横に並べて書いた。

銀の万年筆を手に持ったまま、わたしは五つの名字をじっと眺めた。何も、感じなかった。学生時代につきあっていた北村くんの名字の下に、自分の名前「さよ」を書いてみたときに、ものすごくどきどきしたことを、わたしはぼんやりと思い出していた。それから、小学校の時、大好きだった太田くんと相合い傘で名字を並べられたときの、顔がかっとほてるような恥ずかしさと嬉しさのことも。

だめだな。

わたしはつぶやいた。

お礼を言い、わたしは銀の万年筆を「波辺」さんに返した。便箋売り場へはもう行

かず、そのままわたしは伊東屋を出た。それから、銀座通りを歩きながら、
「ごめんなさい、もう会うのはやめましょう」
というメールを、まったく同じ文面で、四人の男のひとたちに送信した。

田山くんと小林先輩と桂木くんは、メールのやりとりだけで、かんたんに「会うのをやめる」ことを承知してくれた。平井くんとだけは、一回会ってきちんと話をした。しばらくは怖い夢を見つづけたけれど、そのうちに寝つきもよくなって、朝までぐっすり眠れるようになった。

伊東屋へは、年末にまた行ってみた。銀の万年筆は売れずに残っていた。カードで十二回払いにして、わたしは銀の万年筆を買った。売り場に、この前の「波辺」さんはいなかった。きれいな女性の店員が、クリスマス仕様の緑色の紙で箱を包装してくれた。金色のシールを貼《は》り、真っ赤なリボンもかけてくれた。

「もう二度とああいう星回りは来ませんように」

手帳の、十月のはじめの頃の空欄には、ボールペンでそう書きこんである。それから、その下に、

「ちょっと、オレしいけど」

とも。惜しい、という漢字を思い出せなかったのだ。

銀の万年筆を買ったときに、来年のための新しい手帳も買った。今までのものとは違うかたちの、おおぶりのものである。新年の頁《ページ》の前にある、古い年の空欄に、買ったばかりの万年筆でためし書きをしてみた。線に、丸に、小さな魚。それから、「大竹さよ」という、自分のフルネームも。

白い紙にブルーブラックのインクがすっすと伸びて、とてもきれいだった。しばらく頁を開いたまま、わたしは息でふーふーインクを乾かした。今度、吸取紙を買ってこよう。古いかたちの、半円形に把手《とって》のついた、あの吸取紙のくっついた文房具は、名前を何と言うのだっけ。平井くんのことは、けっこう好きだったのにな。わたしがものごとをきちんと決められないのがいけないな。

ぽつぽつと思いながら、息をふいた。インクは、すぐに乾いた。乾いた文字の、ブルーブラックの色は、濡《ぬ》れているときよりも、硬く、濃く、みえた。

ピラルクの靴べら

「ああいうお父さんなら、あたし、いいかも」

弥生《やよい》ちゃんが耳もとでささやいた。

今日は弥生ちゃんと二人で、海のそばにある水族館に行くところなのだ。家を出て電車に乗って、ずっと乗って、さらに乗って、わたしたちは電車に乗っていることに少し飽きてきていた。

弥生ちゃんが視線でこっそり指し示しているのは、紺色のスーツを着たおじさんだった。大きな黒い鞄《かばん》を膝《ひざ》にのせ、隣に座っている、これも紺色のスーツを着た浅黒い肌の外国人のおじさんと、しきりに英語で喋《しゃべ》っている。

「だって、なんだかあぶらっぽいよ」

大声で喋っているのでわたしたちのところまでよく聞こえてくる英語は、たいそう流暢《りゅうちょう》だったけれど、おじさんはものすごく太っていた。もう冬も近いというのに、額いっぱいに汗をかいては、ときどき大判の白いハンカチでぬぐっていた。

「渋くてかっこいいおじさんより、ああいう感じのおじさんの方が、お父さん、っていう感じがする」

弥生ちゃんは言った。

弥生ちゃんには、両親がいない。弥生ちゃんがまだ幼稚園に行っていたころ、高速道路の玉突き衝突事故にまきこまれて亡《な》くなったのだそうだ。弥生ちゃんは、母方のずっと年上のいとこに引きとられた。

弥生ちゃんはいとこのことを「まるちゃん」と呼ぶ。まるちゃんは独身で、市役所に勤めているということだ。

「まるちゃんは、すごくいい人なんだけど」

弥生ちゃんは、ときどきそんなふうに言う。まるちゃん、という呼び名は、いとこが「リリー・マルレーン」という名前の出てくる歌をいつもはなうたで歌うところからついたのだと、いつか弥生ちゃんは教えてくれた。

「リリー・マルレーンて、だれ」そう聞いたら、弥生ちゃんはしばらく考えてから、

「よく知らない」と答えた。

ともかくまるちゃんは、まだ三十歳を少し過ぎたばかりの、今考えればずいぶんと若い身空で、弥生ちゃんを引きとったわけだ。そりゃあ、いい人に違いない。

「でもね、くどいのよ」

弥生ちゃんはこぼす。

今朝もね。寒いからコートじゃなくてオーヴァー着ていけとか、休みの日でも朝ごはんはきちんと食べろとか、牛乳を一日一本必ず飲めとか、毎日耳にたこができるくらい言われつづけてることをまた言われたんで、ちょっと喧嘩《けんか》しちゃった。弥生ちゃんは言って、少しだけしょぼんとした顔になった。

「まるちゃんて、まだ結婚しないの」

わたしが聞くと、弥生ちゃんは首を横に振った。もうとっくに四十過ぎてるもん。それにあんなうるさいおばさんみたいなおじさんのところへは、お嫁さんなんか来てくれないよ。あたしっていう小姑《こじゅうと》みたいなものもいるし。

まるちゃんは、じつは、ものすごくかっこいいおじさんだ。保護者会の時に弥生ちゃんに紹介されたので、知っているのだ。短い髭《ひげ》をはやしていて、ふちの薄い眼鏡がよく似合っていた。服の趣味もいい。へんに馴《な》れ馴《な》れしくしないのも、よかった。すてき。そう、わたしは思ったのだった。だから、どうしていつも弥生ちゃんが、目の前にいるあぶらっぽい英語の流暢なおじさんみたいな人を「お父さん」だったらいい、なんて言うのか、さっぱりわからない。

「弥生ちゃんは、まるちゃんにファーザーコンプレックスみたいなものとか、もってないの」いつか、聞いてみたことがある。

「まさか」弥生ちゃんは笑いながら答えたのだったけれど。

ようやく水族館のある駅に、電車は着こうとしていた。太った英語のおじさんは、いつの間にか降りてしまっている。弥生ちゃんは立ち上がり、棚からバスケットをおろした。まるちゃん手製のお弁当の入ったバスケットだ。

重そうに、けれど大事そうに、弥生ちゃんはバスケットを小わきにかかえた。

水族館はすいていた。わたしが弥生ちゃんと知り合ったのは、高校の水族館同好会である。組も違うし、友だちのグループも違うわたしたち。服の趣味とかお休みの過ごしかたとか、ほとんど重なるところはないのだけれど、水族館が好き、というのだけは、同じだった。

「でも栗子《くりこ》ちゃん、なかなか一緒に水族館に行ってくれないからなあ」

弥生ちゃんはときどきこぼす。わたしは出かけるのが好きじゃない。お休みの日はいちにち家にいて、お菓子を作ったりゲームをしたり手紙を書いたりするのが、いちばん楽しい。

「でもせっかく水族館が好きなら、何回でも繰り返し行かなきゃ」弥生ちゃんは言う。

わたしは、「一つの水族館一回こっきり派」なのだ。ひとたびその水族館に行ってきてしまえば、それでもうすっかり満足する。入口の水槽にマンボウが泳いでいて、回遊水槽はあんまり充実していないけれど、オオカミウオが三匹いたな、なんていうようなことを、反芻《はんすう》するようにして何回でも家で思い返すのが、好きなのだ。

「それは栗子ちゃんが自分の家族に満足してるからだね」

弥生ちゃんは決めつける。何でも「家族」に結びつけてしまうのは、弥生ちゃんの癖だ。だって、あたしには家族がないから。弥生ちゃんは言うけれど、そうなのかな、と、わたしは思ったりする。まるちゃんは家族じゃないのかな、って。

バスケットをロッカーに預け、弥生ちゃんは精力的に水族館じゅうを見てまわった。わたしは弥生ちゃんよりずっと遅れて、ゆっくりと見ていった。ピラルクの水槽の前で、ようやく弥生ちゃんに追いついた。

「へんなの」

弥生ちゃんはガラスの手前にある白い説明板を指さした。

『ピラルクのうろこはとても硬いので、現地の人々は靴べらとして使います』

説明板にはそう書いてあった。水槽の中のピラルクは、体長一メートル以上の大きなものだった。くちばしがとがっていて、大きさにくらべて厚みがなくて、ふわふわ浮いている様子は、なんだか心もとない感じだ。

「ピラルク、ここにいて、楽しいのかな」

わたしがつぶやくと、弥生ちゃんは、

「靴べらになるよりは、まあ、いいのかなあ」

と、これも、つぶやくように答えた。

海岸は、風が強かった。人影もほとんどなかった。弥生ちゃんはバスケットからシートを出して、松原の松の根元に敷いた。

まるちゃんお手製のお弁当は、とてもおいしかった。直径十センチほどの小さな丸い密閉容器に、鶏《とり》のそぼろと炒《い》り卵とさやえんどうの三色ご飯がぎっしりと詰めてある。わたしと弥生ちゃんの、二人ぶんの容器がちゃんとそろいになっている。あとは、かぼちゃの煮たのに、さわらの西京漬けを焼いたもの。ささかまぼこと、剝《む》いた柿《かき》。魔法瓶には熱いほうじ茶が、たっぷりと入っている。

「弥生ちゃん、まるちゃんと結婚したら」

あんまりお弁当がおいしいので、わたしはなんでもない気持ちで、言った。

弥生ちゃんは、答えなかった。口に何か入っているからかと思っていたけれど、数分たっても弥生ちゃんが黙ったままなので、わたしは弥生ちゃんの顔色をうかがった。

「怒ったの？」

聞くと、弥生ちゃんはかすかに頷《うなず》いた。顔がこわばっている。そんな反応を弥生ちゃんがすると思っていなかったので、わたしはびっくりした。

「ごめん」

わたしは謝った。冗談のつもりだったんだよ。そう続けようかと思ったけれど、やめておいた。冗談だとしても、あんまりいい冗談ではなかった。

しばらく弥生ちゃんとわたしは、沈黙したまま口をもごもご動かしつづけた。まるちゃんのお弁当は、こんな雰囲気になっても、おいしかった。

風が背中にあたる。耳もとでときどき、ぴゅうっ、という音がする。カモメが鳴いている。トビも。

「結婚したいけど、そんなこと言いだせっこないし」

弥生ちゃんは言った。

「え」

「べつにまるちゃんに恋とか全然してないけど、できるものなら、まるちゃんと結婚はしたいんだよ、あたし」

え、と、もう一回、わたしは声をあげた。

よくわからなかった。でもちょっとだけ、わかったような気もした。

何でも「家族」に結びつける癖のある弥生ちゃん。まるちゃんが永遠に弥生ちゃんと家族でいるためには、弥生ちゃんがまるちゃんと結婚するしかすべはないということに、わたしは初めて気づいたのだった。

「ごめん」

わたしはもう一度、言った。それから、剝いた柿を楊枝《ようじ》でさした。それ、あたしが剝いたんだよ。弥生ちゃんは言った。柿はあんまり味がしなかった。

夕方近くまで海岸を歩いたり、駅前の本屋さんで立ち読みをしたりして（知らない町の本屋さんで立ち読みをすると、その町をちょっと知ったような気分になる、というのは弥生ちゃんの持論だ）、電車にまた乗った。行きは鈍行に乗ったのだけれど、帰りは急行を選んだ。

帰りの電車の中では、弥生ちゃんもわたしも、ほとんどずっとうとうとしていた。互いの肩に互いがもたれあい、大きな揺れがくるとびくっとして一瞬目をさまし、けれど眠気が強いので、また引きずりこまれるようにして寝入ってしまう。

じき着くよ、という弥生ちゃんの声で、ようやくわたしははっきりと目をさました。弥生ちゃんが降りるのは、わたしが降りるのより三つ前の駅だ。

「まるちゃんが車で送っていってあげるって」

携帯電話の画面を見せるようにしながら、弥生ちゃんは言った。

いいよ、と、わたしはいったん断ったのだけれど、「くどい」まるちゃんとそのあと何回かメールを素早く交わしたすえ、弥生ちゃんは、

「お願いだから送られて。まるちゃん、うるさいから、ほんと」

と頼んだ。

駅のロータリーに、白い車が停まっていた。まるちゃんが横に立って手をふっている。

「ただいま」と、ほとんど聞きとれないような小さな声で、弥生ちゃんは言った。わたしはぺこりとお辞儀をした。

まるちゃんの運転は、上手だった。なんというか、小さな家の中に座っている弥生ちゃんとまるちゃんとわたしが、なめらかに移動してゆく、感じ。弥生ちゃんは助手席に座り、わたしは後ろの席に座った。

「楽しかったですか」

ハンドルを握ったまま、まるちゃんは聞いた。はい。お弁当、すごく、おいしかったです。少し緊張しながら、わたしは答えた。弥生ちゃんは何も言わずに、ずっと前を向いている。

車を降り、またわたしはぺこりとお辞儀をした。弥生ちゃんは依怙地《いこじ》になったように、あいかわらずまっすぐ前を向いていた。まるちゃんの方は、にっこり笑い、軽く会釈《えしやく》をした。

まるちゃんはそれからハンドルに手をかけ、車はすうっと、発進していった。

すぐに受験で忙しくなって、わたしは弥生ちゃんとあんまり会わなくなった。水族館同好会は夏休みで引退していたし、クラスも違っているから、自然にしていると、会う機会はなかなかない。

卒業して、大学に入って、二年生になってから、学生食堂で弥生ちゃんとばったり会ったときには、だからとてもなつかしかった。

「どうしてたー」弥生ちゃんは手をひらひらさせながら、聞いた。

「元気だったよー」わたしは答え、弥生ちゃんと少しだけ抱きあった。

違う大学に行ったはずの弥生ちゃんがわたしのところの学生食堂にいるのは、サークルの交流会に来たからなのだった。

「何のサークル」

「水族館サークル」

弥生ちゃんは答えた。

大学にも、そんなもの、あるんだ。びっくりして聞くと、弥生ちゃんは、

「つくった、あたしが」

と言った。

「栗子ちゃんの大学にも、あるんだよ、水産同好会っていうのが」

すいさんどうこうかい？　わたしは聞き返した。いやあの、魚釣ったり、魚食べたり、たまに水族館に行ったりするらしいよ、ここの大学のは。弥生ちゃんは答え、笑った。

一緒にお茶でも、と誘うと、弥生ちゃんは首を横に振った。

「これから飲み会があるから」

そっか、と、わたしは答えた。

よそよそしくなった、というのではないけれど、弥生ちゃんはちょっと平らな感じで喋るようになっていた。二年も会っていないのだから、そりゃあ当然なのだけれど。よく見ると、弥生ちゃんはずいぶんきれいになっている。少しやせて、髪は肩くらいまでのばして、わたしよりも大人の女の人みたいにみえる。

「まるちゃん、元気」

わたしは聞いた。

「まるちゃん、結婚するんだ、こんど」

弥生ちゃんは、はきはきと答えた。表情をうかがったけれど、明るいあっけらかんとした顔をしていた。

弥生ちゃんはすぐに行ってしまった。その日は何も考えないことにして、わたしは家に帰った。次の日も、次の日も、弥生ちゃんのことは考えないようにした。

それからまたすぐに数年がたって、わたしは家を出て一人で住むようになった。つきあっている男の子はいるけれど、べったりとしたつきあいを好まない人なので、ほとんどわたしの部屋に来ることはない。

日曜日の夕方、早めの夕飯を済ませてから一人でぼんやりとテレビを眺めていたりするときに、わたしは弥生ちゃんのことを思う。弥生ちゃんを、わたしは知らずに少しだけ、傷つけていたんだろうな、と。

あの日海岸で言った「まるちゃんと結婚したら」という、考えなしの言葉はもちろんのこと、わたしがふつうに家族に囲まれ、ふつうに家族と喧嘩《けんか》し、ふつうに家族と仲良くし、そのうえ「ふつう」であることの幸せさをわたしが全然わかっていない、ということが、きっと弥生ちゃんを傷つけていた。

そしてまた、何の悪意もないわたしに、ひそかに傷つけられている、ということ自体にも、弥生ちゃんは傷つけられて。

今だったらなあ、と思う。

今だったら、もう少し、違っていたかも。そんなふうに、思う。

でも弥生ちゃんはわたしのこんな思いを知ったら、怒るかもしれない。そんなにあたし、ヤワじゃないよ、って。

まるちゃんはどんな女の人と結婚したんだろう。今も髭《ひげ》はたてているんだろうか。もう少しして、さらに大人になったら、いつかきっと弥生ちゃんに連絡してみよう。

水族館に、また行ってみよう。ピラルクを一緒に見て、さみしい気持ちになりあおう。それから、今度はわたしが作ったお弁当を、二人で食べよう。カモメがきっとピーピー鳴くことだろう。トビも、わたしたちに近く、飛んでくることだろう。

修三《しゅうぞう》ちゃんの黒豆

しばらく修三ちゃんに会っていなかった。だって、会えばきっとこの前のことをあたしはつい言っちゃうだろうし、そうしたら修三ちゃんはあたしを叱《しか》るだろうし、叱られたらあたしはますます自分のことが情けなくなってしまうだろうから。

この前のこと。

中林さんと会ってしまったことだ。

中林さんに、あたしは二年前にふられた。ふられた当初はものすごいショックで、自分が文庫本とかにはさんであるぺらぺらした紙のしおりか何かで、それも本にはさまれているのならまだしも、ある日ぺらんと本から落っこちて、風に飛ばされて、道ばたに落ちて、そのうちに溝《みぞ》に落ちて水がしみて溶けてはんぶんなくなってしまった、ような感じだったのだ。

でも修三ちゃんが、あたしをなぐさめてくれた。おかまの修三ちゃん。おかまっていう呼びかたは、あたしはあんまりしたくないのだけれど、

「ゲイって、かっこよすぎるじゃない？」

と、修三ちゃんが言うので。

中林さんから電話があったのは、去年の年末のことだった。

「久しぶり、元気だった」

中林さんは、落ちつきはらって言った。まるで自分があたしをふったという事実なんて、ぜんぜん存在しなかったかのように。

「は、はい」

あたしはどもった。

「こんど食事でもしない」

中林さんは聞いた。は、はい。またどもりながら、あたしは答えていた。ばかなあたし。

ちかぢかまた電話するという中林さんを、あたしは待った。ちかぢか、なんて言っていたくせに、電話は三週間もたった後に、ようやくきた。ずいぶん待たせたそのあ

げくに、中林さんが指定した日は、電話の翌日だった。

「どこかの女との約束がキャンセルされて暇になったからじゃない」

修三ちゃんならば、遠慮会釈《えしゃく》なく言うことだろう。

あたしだって、一瞬は、そう思った。でもあたしはばかだから、いそいそと待ち合わせの場所に向かったのだった。

中林さんは平然としていた。恋はさめるものなんだよ、杏子《あんこ》ちゃん。そう言い放ってあたしをふったことなんて、きれいさっぱり忘れた顔をして。

あたしはちょっと癪《しゃく》だったので、いちばん高いコースを頼んだ。そういえば中林さんはデートのときいつも上等のフレンチのお店を使うんだった。中林さんにふられてから、あたしは一回もフランス料理を食べていない。

あたしは酔っぱらった。中林さんについてホテルに入った。中林さんとホテルに行くのは初めてだった。前はいつも中林さんの部屋だった。

しちゃいけない。

あたしの理性はあたしに向かってわんわん警報音を鳴らしたけれど、あたしの理性以外の部分が、警報を聞かないふりをした。

ホテルは二時間で出た。中林さんがあんまりさっさと服を着るので、あたしは悲しくなった。その後何回か、中林さんにメールを打とうとしたけれど、勇気がでなかった。

中林さんからの連絡は、ない。

「ほんとにあたま、悪いのね、アン子は」

というのが、修三ちゃんの第一声だった。

言うまい、と思っていたのだけれど、修三ちゃんの顔を見たら、すぐにあたしは中林さんとのことを喋《しゃべ》ってしまったのだ。

うん。うなだれたまま、あたしは言った。

修三ちゃんはレモングラスとミントを手でちぎってガラスのポットにほうりこみ、沸かしたてのお湯をそそいだ。ちかごろハーブティーに開眼《かいがん》したの。アン子にも飲ませてあげるわ。修三ちゃんから電話をもらったので、あたしはおそるおそる修三ちゃんの部屋を訪ねてきたのだった。

「辛《から》酸っぱい、このお茶」

あたしが言うと、修三ちゃんは片方の眉《まゆ》を高くあげた。

「センスのない子ね、まったく」

乾燥したものじゃなくわざわざ生のハーブを使ったこのお茶のよさがわからないなんて、ほんっと、アン子は。修三ちゃんは、つけつけと言った。そのあとに、

「だから中林なんかにいいようにされちゃうのよ」

という言葉が続くかと思っていたのだけれど、そうではなかった。

「ほんっと、アン子って、しわしわの黒豆」

しわしわ？ あたしは口をぽかんと開けた。黒豆って、お正月のあの？

修三ちゃんは頷《うなず》いた。それから、ハーブティーを、おいしそうにすすった。ハーブティーにはこれ、と言いながら出してきた鯛焼《たいや》きを、修三ちゃんは半分に割った。どちらにしようか一瞬躊躇《ちゅうちょ》した後で、頭の方をつまむ。

「しわしわの黒豆って、正式なの作るの、難しいのよ」

修三ちゃんは言った。それから軽く何回かうなずき、今度は鯛焼きのしっぽの方に、手をのばした。

高崎はね。黒豆は、しわなの。

修三ちゃんは説明した。

群馬県の高崎市には、修三ちゃんの実家がある。修三ちゃんは地元の名門男子高校

を卒業してから、一浪してあたしと同じ美術大学に入った。自分がゲイだということに気づいたのは、大学に入った次の年だったそうだ。今まで三人の男のひとと修三ちゃんは住んだけれど、今はフリーだ。勤め先は、大手の広告代理店。

「けっこうこれで、やり手なの」

前に修三ちゃんは言っていた。ほんとうにそうなんだろうと思う。だって修三ちゃんて、とても頼りになるのだもの。

修三ちゃんの家は、母一人子一人だ。ゲイであることは、すでにお母さんには打ち明けてある。ゲイであることを知ってから半年くらいの間、お母さんはものすごくにこにこして、修三ちゃんを過剰にいたわったのだという。

「でもその後、急につっけんどんになっちゃったの」

修三ちゃんはいつか教えてくれた。

「息子のこと全面肯定しなきゃって必死だったのね、半年間は」

そうなんだ。あたしは何と答えていいかわからず、ぼやぼやつぶやいた。

「でもそのあとで、お母さんの中の本音とか悲しみとかが、ばーっと吹き出しちゃったんだわ、きっと」

修三ちゃんは落ちついた口ぶりで続けたものだった。

そういう時期を経て、今では修三ちゃんとお母さんは、とても仲がいい。お母さんはときどき上京して修三ちゃんと買い物をしたり食事をしたりするし、お正月とお盆には修三ちゃんは必ず帰省する。

「この世に母と息子、たった二人きりなんだもの」

修三ちゃんは肉親の縁が薄い。父方も母方も祖父母はすでに亡《な》く、親類もほとんどいない。

「今年はね、お母さんの黒豆、教わってきたの」

修三ちゃんは嬉《うれ》しそうに言った。このごろは丹波の黒豆を使ったふっくら柔らかい黒豆じゃなきゃいけないみたいに世間では言われるけれど、そうじゃないの。北関東の黒豆は、固くてきちっとしわの入ったものなの。

修三ちゃんは得々と説明した。中林さんは、きっとふっくらした柔らかい黒豆が好きなんだろうな。あたしはなんとなく思った。まだあたしは中林さんからの連絡を待っている。好き、とはほんのわずかだけちがう、でも、好き、にすごく近いもの。ぶるっとあたしは体をふるわせた。しわしわの黒豆。それとあたしと、何が似てるんだろう。

修三ちゃんは、夕飯を作ってくれた。いつもならばあたしがあんまり好きじゃない、タイ式カレー（辛いものは、あたしは苦手）とか、塩豚のナンプラーソース（くさいものは、あたしは苦手）とか、そういうものばっかりわざと作るのだけれど、その日の献立はホワイトシチューと鮭《さけ》のおむすびだった。

「アン子向けのお子さまメニューね」

言いながら、修三ちゃんも、たくさん食べていた。

修三ちゃんの部屋を出たのは八時前だったけれど、家に帰ったのは九時過ぎだった。駅前のコーヒー屋さんで、中林さんに出すメールを、あたしは何回も打ちなおしていたのだ。家に戻ってしまうと、また気がくじけるので、外出しているときの「娑婆《しゃば》」っぽい勢いで、メールを送ってしまおうとあたしは思っていた。

でもやっぱり、あたしはそのメールを中林さんに送信することができなかった。

「ただいま」

と言いながら玄関を開けると、奥から、

「おかえり」

という声がした。居間に入ってゆくと、父が一人でテレビを見ていた。

「おかあさんは」

「風呂《ふろ》」

父は言い、リモコンを持ってチャンネルを変えた。うつったコマーシャルは、中林さんの会社でつくっている乗用車のものだった。大きな犬を後部座席に乗せた夫婦が、森の中へ車を走らせてゆこうとしている。

「なんだ杏、犬、飼いたいのか」

父に聞かれて、あたしは顔を上げた。くいいるように、あたしはコマーシャルを見ていたのだった。

「犬、いいね」

あたしは少し裏がえった声で答えた。父は肩をすくめた。お風呂、つづけて入っちゃってー。お風呂場の方から母の声がした。

はーい。あたしは声を高めて答える。コマーシャルは終わって、日曜ドラマが始まった。ばかだ、ほんとに。かみしめるように思いながら、あたしは廊下をゆっくりと歩いていった。

中林さんのことを、あたしは、ほんとうに好きだった。

そして、もう好きでは、なくなった。

でもまた、こんなに中林さんを待っている。

「好きって、なんなのー」

あたしは頭をかかえながら、つぶやく。

一年ほど前から、あたしには外の仕事が来るようになった。今ではレギュラーのイラストの仕事が二本あるし、不定期だけれどしょっちゅう注文を出してくれる事務所もあらわれた。生活の安定。でも、あたしは昔よりほんの少し、孤独だ。

携帯電話を開いたり閉じたりしていたら、メールがきた。びくっとして見ると、修三ちゃんからだった。

「黒豆のこと」

という題だった。

「柔らかいしわなしの黒豆は、長時間かけてゆっくりお砂糖をしみこませてゆっくり冷まして段階ふんで作るけど、しわしわの黒豆は砂糖なしでゆでたあとどばっといっぺんに砂糖を入れてばりばりにしわを入れるのである。どば。ばりばり。アン子そのものだな。修三」

メールを出してきた時刻を見ると、15時40分だった。会社で忙しくしている時間のはずなのに、何してるの修三ちゃん。あたしは思って、可笑《おか》しくなった。

どば。

ばりばり。

ほんとうに、あたしそのものだ。どかんと恋に陥って、一回寄ったしわはばりばりに固く刻みこまれちゃっている。

「どばで、ばりばりで、わるかったね」

すぐに返信を打った。

「黒豆のおつゆは、喉《のど》にいい」

修三ちゃんは、なんだかずれた返事を書いてきた。そのままあたしは「未送信」のアイコンを開き、ずっと出さずに置いておいたメールを、思いきって送信した。中林さんへのメール。何回も文字を打ってはなおし、また打っては消し、したもの。

好きって、なに。

送信ボタンを押すときに、またしみじみと思った。でもなんだか、ものすごく解放された感じだった。あたしの恋心。踏みつけにされてもいい。返事はこなくてもいい（ほんとはちょっと、きてほしいけど）。ともかくあたしは、中林さんに、あたしの「好き」（あるいは「好き」にすごく近いもの）を、差しだしたのだ。

メールは今ごろ電波にのってこの東京の空を飛んでいるだろうか。この恋はきっとだめな恋だって、あたしは知っている。でも今この瞬間、たしかにあたしのメールはあたしの「好き」をのせて、中林さんをめざしまっすぐに飛んでいっているのだ。

仕事しよ。

あたしは思って、勢いよく立ち上がった。それから思いついて、

「こんどあたしにも、しわしわ豆のつくりかた、こまかく伝授しなさい」

と、修三ちゃんにメールした。

きんたま

茨城のひいおじいちゃんの家には、火鉢《ひばち》があった。

小さめの、木製のものだった。うすねずみ色の灰の上に手をかざすと、じわじわと暖かみが伝わってきた。

ひいおじいちゃんは、いつもあしもとに火鉢を置き、足の間にはさむようにして暖まっていた。

そういう姿勢をとって火鉢に当たることを、ふつうは股《また》火鉢というのだと後に知ったのだけれど、ひいおじいちゃんはいつも、

「きんたま火鉢」

と言っていた。

「この火鉢は、きんたま用に作られておる」

真面目《まじめ》な顔で、ひいおじいちゃんは説明した。

「えっ」

と、驚くと、ひいおじいちゃんはにやりと笑い、

「きんたま火鉢をするために作られた火鉢のことを、きんたま火鉢とよぶのだ」

と、くわしく説明しているつもりなんだか、そうじゃないんだか、よくわからないようなことを言った。

きんたま火鉢は、ひいおじいちゃんの書斎の机の横に置いてあった。書斎には本がたくさんあって、ほとんどが辞書みたいな漢字ばかりの題の難しそうなものだった。一冊だけ、白っぽい背表紙に赤い模様の入った『美徳のよろめき』という本があって、

「子どもでも読める本かも」

と期待したわたしは、書棚から引き出してめくってみたけれど、難しくて、すぐに読み飽きた。

ひいおじいちゃんは、わたしが六歳の時に亡《な》くなった。九十歳の大往生、という言葉を、お葬式に集まった人たちが口にしていた。だいおうじょう、という言葉がかっこよくて、しばらくわたしは幼稚園で友だちに自慢した。

「うちのひいおじいちゃん、だいおうじょう様なんだよ、すごいでしょ」

どこかの王様みたいなものだと、思っていたのだ。

三回忌で茨城に帰った時に、ひいおじいちゃんの書斎に入ってみたら、あんなにたくさんあった本は、ほとんどなくなっていた。机の上もきれいに片づけられていて、ただ、

「きんたま火鉢」

だけが、部屋の隅にぽつんと置いてあった。火鉢の中の灰は、小さい頃に見た時よりも、ざらざらと黒っぽくみえた。


「結局全部落ちたんだー」

彩子《さいこ》が、いつものぼんやりした口調で言う。

「落ちたさー」

やけみたいな気持ちで、わたしもぼうっと答える。卒業式も近いというのに、わたしはまだ就職が決まっていない。卒業したら家を出て独り立ちすること、というのが我が家の決まりである。兄と姉は、医者と弁護士になった。二人とも都心のマンションに住んでいる。

「彩子はいいいな」

ダイエットコーラをぐっと飲みくだしながら、わたしは言う。

「なんで」

彩子は、ふつうのコーラを飲んでいる。ダイエットコーラって、コーラより辛くない？　いつか彩子は言っていた。

「だって先行きが不安じゃないっぽいし」

「実家のコンビニにそのまま勤めるんだよ、あたし。すっごい不安だって」

彩子は口をとがらせた。

「この先ずっと、家族しかまわりにいないんだよ。あとは高校生のバイトとか、おばさんのバイトとか、おじさんのバイトとか。出会いが、何も期待できないっすー」

そういえば、そうだよなー。わたしは言って、彩子の肩をたたく。

大学の四年間、かなちゃんは何してたの。

この前、姉に聞かれた。

何って、大学、行ってた。

わたしが答えると、姉は笑った。なんだか馬鹿《ばか》にしたような笑いかただった。

姉は大学在学中に、司法試験に通った。元準ミス大学で、体脂肪率は十八パーセントだ。

「ミスコンとかに出るのって、フェミニズム的にはどうなの」

と、当時兄に聞かれ、

「たまたま持って生まれた資質を客観的にはかってみてるだけよ、あたしは」

と、冷静に言い返していた。

中学生だったわたしは、口を半開きにして二人の会話を聞いていた。

「かなちゃんは、大学で何を学ぶつもり」

向き直った兄に突然聞かれて、わたしは半開きにしていた口を、あわてて閉じた。

「よくわかんない」

わたしが答えると、兄と姉は半眼っぽい顔になって、二人してわたしをじろじろ眺めた。頬がかっと熱くなった。

結局わたしは、あの頃からぜんぜん成長しなかったらしい。

就職できなかったので、さしあたっては去年から続けているレンタルビデオショップでのバイトを続けることだけは決まっている。アパートも、探した。お風呂《ふろ》なし、賃貸料一ヵ月四万円、駅から歩いて十六分の物件である。

「就職してからも、時々、あそんでね」

空になったダイエットコーラのペットボトルをくるくるまわしながら彩子に言った

ら、

「へいへーい」

と、彩子は答えた。

姉は、小さい頃から、

「男に生まれたかった」

と言っていた。

「なんで」

と聞くと、

「女って、いろいろ、損。ていうか、面倒」

と、答えた。

生理とか。妊娠とか。均等法以降もまだ根強くあるセクハラの土壌とか。そういうものを全部乗り越えて行かなきゃならないのよ、女は。それでね、会社組織で女がやって行くのは、まだまだ困難が多いことが予想されるの。だからあたしは手に職をつけようと思うの。姉はてきぱきと説明した。

わたしは、女に生まれてきて損だ、とか、めんどくさい、とか、男の方がよかったのに、なんて考えたことは一度もない。

男とか女とか言うよりも前に、まず、兄や姉のような有能な人間に生まれなかったのが損だなあ、とばかり、思いつづけてきた。

「男に生まれてきてたら、お姉ちゃん、どんな男の人になっただろう」

いつか姉に聞いてみたことがある。

「ひいおじいちゃんみたいな男が、いいな」

姉は答えた。

「ひいおじいちゃんて、すごい学識があって人徳もあって、みんなに尊敬されてた学者だったんだよね」

姉がそう続けたので、その時わたしはほんとうにびっくりしたのだ。だって、ひいおじいちゃんといえば、わたしにとっては「きんたま火鉢」だ。そんなえらい人だったなんて、全然知らなかった。

「美徳のよろめきなのに?」

思わず、わたしは聞いていた。

「え、なに? 三島?」

姉はつけつけと聞き返した。『美徳のよろめき』が三島由紀夫の小説だ、ということを、わたしは知らなかった。

ひいおじいちゃんは、火鉢にまたがっていない時には、火鉢に餅網《もちあみ》を置いて、かきもちやみかんをあぶってくれた。やきみかんの皮は熱いので、ひいおじいちゃんがさましてから渡してくれた。かきもちは、ふくれはじめてから一回おしょうゆにつけ、じっくりと焼いた。

きんたま火鉢に手をかざしながら、ひいおじいちゃんのきんたまは、どんなふうになってるんだろうなと、幼いわたしは思っていた。おとうさんのきんたまは、たらんと大きい。お兄ちゃんのきんたまは、くりくり固い。ひいおじいちゃんのきんたまは、たぬきのきんたまみたいに大きいのかな。わたしは想像したりした。

おしょうゆをつけたかきもちは、香ばしかった。ひいおじいちゃんは二枚、わたしは四枚と、いつも決まっていた。

卒業してから、すぐに半年が過ぎた。レンタルビデオショップのバイト仲間も、半年でずいぶんと顔ぶれが変わった。店長と副店長だけが正社員で、あとは全員バイトだ。一番古いバイトの坂口さん、次に古い阿東《あとう》さんについで、わたしが三番めの古株になってしまった。

十一月の連休が過ぎて、ぼやぼやしているうちに、すぐに年末になった。

お正月には、久しぶりに家族が集まった。

「今年のおせち料理は、いつものじゃなく、料亭のにしたのよ」

母は、自慢した。けれど、

「あんまりおいしくないわね」

と、姉は文句をつけていた。

姉は、少し痩《や》せていた。体脂肪率十六パーセントくらいにみえた。三が日の間じゅう、家族のみんなに向かって、何かとつっかかった物言いをしつづけた。

「まなみちゃん、どうしたのかしら」

母は心配して、わたしに聞いた。姉とは普段はほとんど連絡を取り合っていないので、わたしはただ首をかしげることしかできなかった。

姉が弁護を担当した女の人が自殺した、ということを聞いたのは、三が日の最後の日だった。

「セクハラで上司を訴えていたんだけど、鬱病《うつびょう》になって、薬が合わなかったらしい、症状がますます悪くなって、裁判の前の日に飛びこみ自殺しちゃったの」

姉はたんたんと説明した。両親にでもなく、話の通じる兄にでもなく、わたしの部屋に夜遅くやってきて、突然姉はそんなことを言いはじめたのだった。わたしはびっくりしていた。

「かわいそうだね」

どう反応していいのかわからなくて、わたしは言った。

「うん。いい人だったんだ。すごく繊細な人」

姉は下を向いたまま、つぶやいた。

「そうなんだ」

姉は少し泣いた。上手に姉をなぐさめられなくて、わたしはおろおろした。しばらく泣いてから、姉は顔を上げた。

「あたしほんとに、男になりたかった」

でもそのセクハラの上司とか、いやな男なんでしょ、それでもお姉ちゃん、男になりたいの。わたしは聞いた。

「うん。ものすごくいい男になって、いやな男を駆逐《くちく》してやりたい」

姉のその答えに、わたしはちょっと笑った。お姉ちゃんて、思ったよりも単純な人間？

「ひいおじいちゃんなら、そんなセクハラはしなかったね、きっと」

わたしが言うと、姉はこくんと頷《うなず》いた。涙の跡を頬につけて、姉は子供みたいに、こくんと頷いたのだった。

聞いてくれてありがとね。姉は言いながら、わたしの部屋を出ていった。

今年は、どんな年になるだろう。

姉が部屋に戻っていったあと、柄にもなくわたしは考えはじめた。

わたし、ほんとうは、やりたいことがあったんだ。

一人になった部屋で、わたしは思い出していた。

わたしは、映画を撮る人になりたかったのだ。大学の商学部なんていうところじゃなく、脚本のことや映像のことを勉強できるところに行きたかったのだ。

姉のことも、兄のことも、わたしはずっと苦手にしていた。今だって、それは変わりない。

(でもお姉ちゃんの方が、わたしより、ずっとえらい)

はじめて、わたしは思ったのだった。

わたしと違って、お姉ちゃんは生まれつき優秀だから。お兄ちゃんも、生まれつき頭がいいから。

そんなふうに、いつもわたしは思っていた。

(でもそれって、言い訳)

ひいおじいちゃんの部屋の匂《にお》いを、久しぶりに思い出した。お香と、かびが、入り混じったような匂いだった。古い部屋の匂いだった。

(専門学校に、入りなおしてみようか)

ひいおじいちゃんの本は、地元の図書館に寄付したのだと聞いている。今度、茨城に行ってその図書館にひいおじいちゃんの本を見に行ってみようと思った。姉を誘って、行ってみようと思った。

姉が男だったら、ひいおじいちゃんみたいな大きなきんたまをぶらさげていたかもしれない。

ひいおじいちゃんのきんたまと、男になった姉のきんたまとが、ぶらぶら揺れているさまを、わたしは想像してみた。そういう映画を撮ってみたいなと思った。そういう映画って、どういう映画だよ。自分の抱負に自分で吹き出してしまった。

(きんたま火鉢、まだあの家にあるかな)

思いながら、ベッドに入った。火鉢の中の炭がはぜる、ぱち、という小さな音を、遠く耳に聞いたような気がした。明日彩子に久しぶりにメールしてみようと思った。

お姉ちゃん、わたし、お姉ちゃんみたいにはなれないけど、ちゃんと考えて生きる。
頭の中で、そう姉に呼びかけた。体が暖まって、どんどん眠くなっていった。

お別れだね、しっぽ

しっぽ、と、あたしは呼んでいる。

最初は「影」とか、「分身」とか、意味のありそうな言葉を当てはめていたのだけれど、なんだかそれは違う、と思ったからだ。

そんなに、きちんとしたかたちのものじゃなくて。

それから、そんなに重い雰囲気のものでもなくて。

かといって、心はげまされる、というものでもなくて。

しっぽ。

それは、あたしの人生の節目にあらわれる、不可思議な、あたしそっくりのかたちをとったもの、のことだ。

しっぽ、は、最初、あたしが万引きをした時にあらわれた。

小学校五年の頃だった。文房具屋さんで、あたしはうすみどり色のノートを盗んだのである。

(しまった、万引き、うまくできちゃった)

ノートをかばんの中にすとんと落とした瞬間に、あたしはおびえた。

そんなに簡単に万引きが成功するとは、思っていなかった。誰かが見とがめて注意する、とか。手が震えて床にノートを取り落としてしまう、とか。突然警報が鳴りはじめる、とか。ともかく何かしらのことが起ると、心の底では思っていたのである。

でも、万引きをするのは、驚くほどたやすいことだった。

万引きをする前よりもよっぽどどきどきしながら、あたしは店を出た。そのまま家には帰らずに、図書館に寄った。図書館のお手洗いで、ノートの裏表紙に貼《は》ってある小さな紙の値札を剝《は》がそうと思ったのだ。

値札は、なかなか剝がれなかった。ようやく爪《つめ》で端を引っぱることができたけれど、糊《のり》が強くて、かすのような剝がし残りができてしまった。

なにくわぬ顔で水を流し、ドアを開けた。その時だった。

洗面台のところに、しっぽ、がいたのだ。

しっぽ、は、振り向いた。

あたしは仰天《ぎょうてん》した。

しっぽ、は、あたしとまったく同じ顔をしていた。ただ、その時のあたしとは違って、しっぽ、は、髪が長かった。ちょうど、その前の年にあたしが伸ばしていたのと、同じくらいの長さ。五年生になってから、あたしは髪をものすごく短く切ってしまっていた。毎朝髪を結《ゆ》うのが、突然面倒になったので。

「あっ」

しっぽ、が、声を出した。

声まで、一緒だった。実際の自分の声って、ほんとうは自分ではわからないのだけれど、録音した声を聞いて（こんな声なのかな、あたし）と思うのよりも、ずっと自分が思っている自身の声に、近かった。

次の瞬間、しっぽ、は消えた。ふっと、ぬぐいさったかのように。

あたしの膝《ひざ》はがくがく震えていた。そのうちに、矢も盾《たて》もたまらなくなって、走りだした。どうしても、今すぐ行かなきゃ。あたしは思っていた。

行き先は、はっきりとわかっていた。

文房具屋さん。

息をきらせたまま、あたしはかばんからうすみどり色のノートを取り出した。元あった棚に、押しこむようにして、戻した。しっぽ、に何かを言われたわけじゃないけれど、そうしなくてはいけない、そうしなければあたしのこれからの明日は違ってしまう、ということが、なぜだかあたしにはわかっていた。

そのまますぐに家に帰った。夜中、あたしは三十九度の熱を出した。

しっぽ、という呼びかたに、たいした意味はない。「分身」、という呼びかたをするほどの存在感はない、ということはもう言ったけれど、かといって「あれ」とか呼びつけにするのも、よそよそしい気がする。ふっとあらわれたかと思うと、ふっと消える、まるで残像のような、姿ぜんたいではなく、目の前をよぎってゆく者のしっぽだけが意識の中に残る、というような感じで、しっぽ、はいつもあった。

しっぽ、が次にあらわれたのは、高校一年の時だった。

最初の時ほど、あたしは驚かなかった。しっぽ、があらわれることを、少しだけ予測していたから。

最初の時のあと、あたしはずっと考えていたのだ。あれは何だったのかな、って。

万引きをしたあたしが、図書館のお手洗いで、しっぽ、を見る半年前くらいに、実はあたしは不思議な体験をしていた。

万引き半年前のあたし。その頃あたしは小学校四年生で、まだ髪が長かった。同じ、図書館のお手洗いでのできごとだった。髪の長いあたしは、ふつうに本を借りたあと、お手洗いに入って洗面台で手を洗っていた。その時のことだった。

髪の短い女の子が、個室から出てきた。女の子は、あたしをじっと見た。

何なんだろう、この人、こんなにじろじろ見て。そう思いながら、あたしもじっと見返した。

そして、突然気がついた。

（この人、あたしとそっくり。髪は短いけど、顔も、体型も、雰囲気も、そっくり）

あたしは、「あっ」と声をあげた。

次の瞬間、その人はふっとかき消えた。

髪の短い万引き直後のあたしが見た場面を、その半年くらい前の髪の長いあたしは、すでに見ていたのだ。

でも、髪の長いあたしは、それが何かの勘違いだろうと、思っていた。というか、勘違いであってほしいと願うあまり、そういうことにしておいていた。なかったふり。

ということである。

髪の長い頃のあたしは、心に何の翳《かげ》りもなかったから、かもしれない。ふつうの日常の時間に、へんなことが起っても、知らないふりは、できる。

でも、万引き直後という、ふつうではない時に起ったことは、「なし」には、できなかった。

(あたし、もしかすると、タイムリープ、とかいうものをしちゃったのかも)

二つの出来事について考えぬいたすえ、あたしは結論づけた。

(一度起ったことならば、もう一度、起るかも)

そうも、思った。

だから、二回目、すなわち高校一年の時に、しっぽ現象が起った時には、初回ほど驚かなかった、というわけなのだった。

二回目は、生まれてはじめてのセックスの最中だった。

というか、生まれてはじめてのセックスを、始めようとしていた時だった。

坂上《さかがみ》くんは、今まさにあたしにのしかかろうとしていた。

(避妊は、してくれないのかな)

あたしはひそかに思っていた。どこからともなくコンドームの袋を取り出し、さりげなく坂上くんが装着してくれることを、あたしは期待していたのだけれど、その気配はまったくなかった。

「あ、あの」

あたしは思わず声を出した。

坂上くんは不思議そうな顔をした。そそりたっているものが、あたしのお腹《なか》に当たった。くすぐったかった。それっきり口ごもったあたしに向かって、坂上くんは上気した顔で頷《うなず》いた。すぐさままた覆《おお》いかぶさってきた。

(だめだ、こりゃ)

そう思ったとたんに、しっぽ、があらわれた。

坂上くんの部屋のベッドの横に、しっぽ、は忽然《こつぜん》とあらわれた。まっすぐに立って、坂上くんの背中をみおろしていた。

(出た)

あたしは思った。その、しっぽ、は、おとといのあたし、のはずだった。おととい、はじめて坂上くんの部屋を訪ねてきて、でもキスをしただけで終わり、帰ろうと立ち上がった瞬間の、あたし。

立ち上がったとたんに、あたしは坂上くんのはだかの背中を見たのだ。それから、やっぱりこちらもはだかの、自分自身を。

(あっ、またタイムリープかな)

おとといのあたしは、思ったのだった。そして、はじめてのセックスの当日が、すぐにやってきた。

しっぽ、と、あたし、の目が合った。

「坂上くん、コンドーム、つけて」

あたしは叫んでいた。

坂上くんは、ぱっとあたしから離れた。

「しまった、ごめん」

言うなり、坂上くんは勉強机にとんでいって、三番目の引き出しの奥からコンドームの袋を取り出した。ちり、という音をさせて袋を開き、せっせと装着しはじめた。

背中を見せている坂上くんを眺めながら、あたしは、

(忘れてただけなんだな、あせって)

と、安心した。

しっぽ、は、もう消えていた。

（ありがとう）

あたしは、しっぽ、に向かって心の中でささやいた。坂上くんとのセックスは、ものすごく痛かったけれど、いちおう成功した。そのあと、坂上くんとあたしは、はだかで抱き合って一時間ほど眠った。

坂上くんとはその後一年くらいしてから別れたけれど、その一年はとても楽しかった。今も、いい思い出として、あたしの心の中に、残っている。

しっぽ、は、今までに八回あらわれた。

最初の二回のような、万引き後、とか、避妊できるか否《いな》か、なんていう、明らかに運命の岐路、らしき時にあらわれることもあったけれど、どうしてあらわれたのか、さっぱりわからない時もあった。

一回など、ただぼんやりと歩いている時にあらわれて、あっと思う間もなく、消えた。その時刻、そのあたりで事故が起きることもなかったし、事件があったわけでもない。でも、もしかするとその時に、しっぽ、を見て、一瞬躊躇《ちゅうちょ》してほんの少しだけ歩みが遅くならなければ、もしためらいなくさっさと歩いていっていたなら、ものすごくまずい、何かが起っていたかもしれない。

そしてあたしは、四十五歳になった。結婚は、一度もしたことがない。外資系の商事会社で働いている。年収は一千万に少し欠けるくらい。港区の小さなマンションを数年前に買って、猫を一匹飼っている。血統書のある猫ではなくて、会社のすぐそばで拾った雑種のぶち猫である。

たまに、あたしはふさぎこむ。更年期障害のきざしかとも思うけれど、病院に行くほどではない。マンションのよく片づいた部屋で、一人でじっとしていると、しっぽ、が出現した時のことが、自然に心に浮かんでくる。

あの時、万引きしたノートを返せず、ずるずると万引き常習犯になっていたら、あたし、どうなっていたろう。

あの時、坂上くんの子供ができちゃって、生んでいたら、あたし、どうなっていたろう。

あの時、予想もつかないことが起って、今の人生の今の境遇と違うふうだったら、あたし、どうなっていたろう。

きりもなく、あたしは想像する。うまく想像できたためしは、ないけれど。

しっぽ、を、あたしは、時々うらむ。ことに、ふさぎこんでいる時には。

(なんだか、あたしの人生、あたしの自由意志は通らない、みたい)

そう、感じてしまうからである。

そして今、あたしは沖縄にいる。

先週、あたしはまた久しぶりに、未来の自分らしきあたしを、見た。

未来のあたしは、水着を着ていた。南の、日差しだった。ホテルのプールのデッキチェアーに、未来のあたしは寝そべっていた。隣に、男がいた。見覚えのある男だった。

（坂上くんだ）

あたしには、すぐにわかった。

未来のあたしと、未来のあたしにとっては、しっぽ、である、先週のあたしの目が、合った。

坂上くんが、未来のあたしの手を握ろうかどうか、迷っている。

（あっ、握るのかな？）

そう思ったとたんに、先週のあたしは、今のあたしの目の前から、いなくなった。

先週のあたしは、沖縄に出張していた。ほんとうは翌日に帰京するはずだったけれど、未来を見た次の日に休暇を取って、そのまま沖縄に滞在するよう予定を変えた。

なぜならあたしは、未来のプールサイドのテーブル上の、「沖縄ベイホテル」というホテルの名の入ったコースターの文字づらと、その横に置いてあった新聞の今週の日づけを、しっかりと読み取っていたからだ。

坂上くんとは、昨夜偶然にホテルのロビーで会った。雑貨屋を何軒か持っている、という坂上くんは、沖縄に買い付けに来ているのだった。夕食を共にして、ホテルのバーでお酒を少し飲んだ。翌日は午後からまた買い付けに行くという坂上くんと、午前中プールで一緒に泳ぐ約束をした。

坂上くんの手を、振り払うのか、それとも握り返すのか。

昨夜ホテルのエレベーターで坂上くんと別れたあと、一晩じゅうあたしは悩んだ。しっぽ、が、出てきたら、その瞬間に体が自然に反応する、ということは、わかっていた。でも、あたしはもう、しっぽ、の言うなりにはなりたくなかった。

だけど、そういうことって、可能なの？

考えても考えても、わからなかった。

考えあぐねてくたびれ果て、明け方ようやくあたしは眠りについたのだった。

そして、今この瞬間。

しっぽ、があらわれてそして消えた、この瞬間。

あたしは、何の反応もできないのだった。

坂上くんの手を、払いのけもせず。

かといって、強く握り返すこともせず。

あたしは、ただ、すくんでいた。

ただ、物知らずの子供のように、胸の鼓動だけを大きく打たせながら、かたまっているのだった。

しっぽ、は、何も示唆《しさ》してくれなかった。

あたしが、自分で、決めなければならないのだ。

そのことが、恐ろしいほどの確かさで、あたしにせまってきた。

(あたしが、自分で決めるって、決めちゃったから、そうなってしまったんだ)

坂上くんが、にっこりしている。昔、好きだった笑顔。さあ、あたしは、どちらを取る?

行くの？　戻るの？

胸が、大きく高鳴っていた。それが、坂上くんを好きだという気持ちのためなのか、それとも、はじめて大きな選択を自分でできることへの期待のためなのか、あたしにはわからなかった。

しっぽが抜け落ちるのに、こんなに長く、かかっちゃった。

そう思いながら、あたしは、

「ねえ」

と、坂上くんに呼びかけた。太陽が、さんさんと照っている。沖縄の、湿っておおらかな風が、頬をなでてゆく。四十五年。自分で大事なことを決断できる自由を得られるようになるこの時まで、ずいぶん長かったようだけれど、でも、そうでもなかったのかもしれない。まだまだこれからも、ちゃんとあたしの人生は続くのだから。

生まれてはじめて人に呼びかける子供のように、あたしはもう一度、

「ねえ」

と、坂上くんに呼びかけた。

庭のくちぶえ

毎年にんにくを剝《む》くとき、私は、

「これを全部使い終えるまで生きてるかな」

と、思う。

この季節になると、新もののにんにくをキロ単位で買ってきて、いつも私はにんにくの油づけと醬油《しょうゆ》づけを瓶にたくさんつくっておくのだ。

以前は同じ時期にうめぼしもらっきょうも漬けていたのだけれど、一人きりの生活になってからは、めっきり保存食の減りが遅くなった。だから、うめぼしもらっきょうも、最後に漬けた五年前のものが今もまだたっぷり残っている。

長男も次男も、とうに独立して家を離れた。夫は十年前に死んだ。

私一人が、この家にいる。

淋《さび》しくは、ぜんぜんない。夫は昔ふうの男で、手のかかる人だった。息子たちも、私がすっかり世話をやいて育ててしまったので、家の中では役に立たない。

一人でいるのが、いちばん楽ちん。

掛け値なしに、私はそう思っている。

にんにくを、私はたくさん使う。青菜を炒《いた》める時にも。肉を焼く時にも。魚をムニエルする時にも。具だくさんのシチューを煮こむ時にも。

「母さんの料理って、ほんと、にんにく臭《くせ》えんだったわ。あいかわらずだな」

時おり訪ねて来る息子たちに料理を出してやると、どちらも口をとんがらかせ、首をふりふり、文句をつける。

可愛《かわい》げのない奴《やつ》らである。

息子の話は、まあどうでもいい。そんなことよりも、私には今、可愛がっているものがあるのだ。

もの、というか、人、というか。

私が可愛がっているもの（あるいは人）。それは「ヤマグチさん」だ。

ヤマグチさん。年の頃は四十代はじめ。男性。村役場の助役補佐をしている。性格温厚。あんがい茶目っけがある。趣味は植物採集と園芸。かなりいい男。

そして、くちぶえがうまい。

ヤマグチさんを知る前から、私はヤマグチさんのくちぶえの音をよく知っていた。最初にそれを聞いたのは、枇杷《びわ》の実を長ばさみで剪《き》りとっている時だった。

「るるる」

高音の、甘い響きだった。すぐに止《や》んだけれど、またじきに始まった。枝の元から少しずつ熟れてゆく枇杷の実を、全部収穫するまでの十日ほどの間ずっと、その音は断続的に聞こえていた。

鳥だと、最初は思ったのだ。けれど、そうではなかった。そろそろ枇杷も取りつくして、さてこの季節の雨ですっかり伸びてしまった雑草でも抜くか、と腰をかがめたところで、私はその音の主をみつけたのだった。

「細長い鳥だこと」

まず、私は思ったのだ。近眼のうえに老眼が重なって、遠くのものも近くのものも、ほとんどすべてのものが、このごろはぼやけて見える。

すぐに飛び立つかと思っていたのに、その細長い鳥らしきものは、じっとしていた。しゃがんだ姿勢のまま、私は近づいていった。

「に、人間」

ずいぶん近くまで寄っていったところで、眼の焦点がようやく合った。鳥かと思っていたものは、鳥などではなく、小さな人なのだった。

(でもそれにしてもまあ、ずいぶんと小さな)

私は驚きながらも、小さな人をじっくりと観察した。

髪は黒い。眉《まゆ》も。縞《しま》の背広みたいなものを着ている。ちゃんと、靴もはいている。小さな手には、小さな爪《つめ》もある。精巧なものである。

「あなた、だれ」

私は誰何《すいか》した。

小さな人は、私がじろじろ眺めているのと同じように、私のことをまじまじと見返している。

「ヤマグチです」

小さな人は、答えた。

可愛い声だった。男の声だったけれど、なんともいえない甘い感じがあった。ちょうど、枇杷の実をもいでいた時によく聞いた「るる」という音と、同じような。

「もしかして、あの音は、あなたがたてていたの」

「どの音ですか」

「あの、鳥みたいな小さなかえるみたいな」

「それは、こんな音ですか」

言いながら、ヤマグチさんはその場でくちぶえを吹いてみせた。

るるるるるるる。

きれいに、くちぶえは響きわたった。

その時から、私はヤマグチさんを可愛がるようになったのだ。

ヤマグチさんは、道ならぬ恋をしている。

「どういうの。不倫とか。それとも義理のおねえさんとか」

面白がって、私は聞いてみた。

ヤマグチさんとは、すぐに打ち解けたのだった。世の中にこんな小さな人が生息しているなんて、この年になるまで知らなかったし、想像したこともなかったけれど、なに、おかしなことなど、この世には他にも山ほどある。害をなすわけでもない小さな人が存在する、ということに、何の目くじらをたてることがあるだろう。

「そういうのではなく」

ヤマグチさんは真面目《まじめ》に答えた。

「じゃ、なに」

大きなヒトなのです。ヤマグチさんは、もじもじと言った。

大きなヒト。ちょうど、瀬戸島《せとじま》さんのような、大きなヒトなんです、僕が好きになったのは。

「私は、そんなに大きい方じゃないわよ」

そう言うと、ヤマグチさんは困ったような顔になった。

しばらく、私は黙っていた。面白かったのだ。ヤマグチさんをからかうのが。

ヤマグチさんが好きになった「大きなヒト」は、すなわち、ヤマグチさんと同じ種族の「小さな人」ではなく、私と同じ、ごく普通の人間の女らしい、ということは、ほんとうは私にはわかっていた。

「結婚したいとまで、僕は思ってるんです」

私はまだ黙っていた。何だか夢みたいなことを言ってるよ、この小さいヤマグチは。

そんなふうに思ったからだ。

一度自分の恋のありどころを打ち明けてしまった後は、ヤマグチさんは恋の悩みを私に縷々《るる》訴えるようになった。

「彼女、とても純情な人なんです」

「ともかく今の世の中には珍しいような美しい心を持った人で」

「おまけにナツツバキを育てるのがうまくて」

「こんな小さな僕が、彼女によこしまな心を持っていると知ったら、きっと軽蔑《けいべつ》されます」

しまいには、ばからしくなってくるくらい、ヤマグチさんは「純情な彼女」、すなわち原田誠子《せいこ》、という三十二歳のその女を賛美するのだった。

「そんなにものすごいよこしまな心を持ってるんだ、ヤマグチさんは」

私が言うと、ヤマグチさんは顔を赤らめた。

「いや、そ、それは」

四十も過ぎているというのに、ヤマグチさんこそ、よほどの「純情」である。面白くてしょうがなくて、私はしょっちゅうヤマグチさんをからかった。

「純情の君は、どうしてる」

そう聞くだけで、ヤマグチさんはいつも動揺してしまうのだ。

「彼女の前で、そんなに心騒ぎしていちゃ、見透かされちゃうわよ」

私が言うと、ヤマグチさんはほんの少し体勢をたてなおし、

「いえ、彼女の前では、僕、ものすごく落ちついた大人ぶりを発揮してますから」

と、答えるのである。

まったく、笑ってしまうというものだ。

若いって、いいな。

ヤマグチさんの話を聞いていると、いつも私は思う。

若いこと、それ自体がいいというのでもないのだけれど。

ただ、この世界に、まだ知らないことがたくさんある、そしてまだ知らぬその事々をいつかは制覇《せいは》してやるつもりがある、という心弾みが、うらやましいのだ。

「まあ、若いといえば、若いですね」

ヤマグチさんは素直に認める。

「瀬戸島さんだって、まだまだこれからいろいろ変化してゆくんじゃないですか。いつまでたっても変化しますから、人間というものは」

「人間、ねえ」

ヤマグチさんのもっともらしいくちぶりが可笑《おか》しくて、私が思わず言うと、ヤマグチさんは少しばかり気を悪くしたような表情になった。

「人間ですよ、こんなに小さくても、僕は」

あら、そういう意味じゃないのよ。

私はあわてて言った。ヤマグチさんの種族（というのだろうか？）を、見下したり人間ではないと差別したりするつもりは、全くなかった。

ヤマグチさんは、草の陰に隠れてしまった。るるる、という音が聞こえてくる。すねてしまったのだ。

ヤマグチさんのくちぶえの美しい響きに、私はうっとりと聞きほれた。しばらくすると、ヤマグチさんはまた姿をあらわした。

「反省、してくれましたか」

しかつめらしい顔でヤマグチさんは言った。

甘えてるなあ、この小さなヤマグチは。

内心であきれながら、私は、

「ええっ、反省？」

と、とぼけてみせた。

ヤマグチさんは笑い、それからまたひとしきり、くちぶえを吹いた。私も合わせて吹いてみたけれど、ちっともきれいに鳴らなかった。

これが終わるまで生きてるかな。

そんなふうに、しばしば思うようになったのは、この数年のことだ。

深刻に思うわけではない。

私はさいわい今のところ病気でもないし、市の健康診断で悪い数値が出ることもない。けれど、この年になると、なにしろあちらこちらにガタが来るのだ。

朝起きると、突然膝《ひざ》が痛くなっていたり。

体の全体がなんとなくしぼんだ感じになったり。

心臓が苦しくなったような気がして、でもすぐにすうっとなおったり。

人に会うのが面倒になったり。

体の、隅から隅までが完璧《かんぺき》に元気、ということは、ほぼなくなってしまった。

といって、終日苦しいとか、鬱々《うつうつ》としている、ということでもない。

「ヤマグチさん、誕生日は、いつ」

私は聞いてみた。

「八月です。乙女座のB型ですよ、僕は」

そうですか。私は山羊《やぎ》座のB型ですよ。

ちょっとだけ似てますね、と言ってヤマグチさんは笑った。ほんとうに、可愛い男だ。もしも息子たちがヤマグチさんのようだったら、もっと可愛がってやったのに。

らちもないことを、つい考えてしまう。

でも、ほんとうは違うだろう。もしもヤマグチさんが私の息子だったら、こんなに可愛くはなかったろう。双方に、責任が生じてしまうから。親子というものは。

「ねえ、恋って、そんなにいいものなの」

また、聞いてみる。

「瀬戸島さんは、恋をしたことはないんですか」

ヤマグチさんは聞き返した。

少しの間考えてから私は、

「ないかもしれないわね」

と、答えた。

ヤマグチさんの眼に、ほんの少しだけ、憐《あわ》れみの光が宿る。

べつに悲しいことじゃないのよ。

私は心の中でヤマグチさんに向かって言う。

ヤマグチさんは、またくちぶえを吹きはじめた。

るるるるるる。

いつもよりも、ほんの少し、強い音だった。

にんにく、嫌いじゃないわよね？

訊《たず》ねながら、でもヤマグチさんの答えは聞かず、私は鶏《とり》のまるごと煮こみを、土鍋《どなべ》ごとどんと庭のテーブルに置いた。

庭に白い丸テーブルと白い椅子《いす》を四脚据《す》えたのは、死んだ夫である。息子たちが小さいころは、日曜の昼などによくここで食事をしたものだった。

今では、テーブルの白い塗装ははんぶんくらい剝《は》がれ落ちてしまっている。椅子にも錆《さび》がきている。

「いい匂《にお》いですね」

ヤマグチさんは言って、鼻をうごめかした。

「一緒に、食べない？」

やはりヤマグチさんの答えは聞かず、私はスープととろとろになった鶏をお猪口《ちょこ》によそい、ヤマグチさんの前に置いた。

「それでは、お相伴《しょうばん》します」

ヤマグチさんは、ゆっくりとスプーンを使った。スプーンは、耳かきを折って作った、ヤマグチさん専用のものだ。

「おいしいですね」

ヤマグチさんは途中で顔を上げて言い、それからまたうつむいて食べ続けた。

鶏のまるごと煮こみは、夫と息子たちが好きだったものだ。たくさんにんにくを使う。油づけにしておいたものと、醬油《しょうゆ》づけのものを、あわせて二十つぶほども。

「にんにく臭くなるわよ、明日までずっと」

私が言うと、ヤマグチさんは頷《うなず》いた。

「にんにくは、好きだから、いいです」

「誠子ちゃんに嫌がられるかもしれないわよ」

からかってみる。

「彼女は、そんなことを嫌がる人じゃありません」

はいはい。私はおおげさに肩をすくめて、笑ってみせた。

ヤマグチさんは、鶏のまるごと煮こみを、全部で三杯おかわりした。おなかいっぱいです、と言いながら、ヤマグチさんは帰っていった。

鶏のまるごと煮こみを作ったのは、たぶん十年ぶりくらいだ。わびしいものだな。

ヤマグチさんが帰ってしまった、一人のテーブルで、久しぶりに私は思う。深刻に思ったわけではない。いつもの、

「これが終わるまで生きてるかな」

ということを思う時と、同じように思ったのである。

気がついてみると、白塗りの丸テーブルにうつぶせて、私はうたた寝していた。いつの間にか夕暮れが始まっていた。ぼんやりとした頭をもたげて、

「ヤマグチさんは可愛《かわい》いな」

と、つぶやいてみる。

誠子さんという女が、少しだけ憎たらしかった。でも、それも深刻な憎さではない。よっこら、と言いながら、土鍋を両手で持ち上げた。つっかけは不安定なので、ころばないよう気をつけて、ベランダから家に上がる。るるるるる、という音が、遠くから聞こえてくる。ヤマグチさんのくちぶえかもしれないし、ほんものの鳥かもしれない。

テレビをつけると、ニュースが始まっていた。今度息子が来たら、たくさんにんに

くを使ったステーキでも焼いてやろうと思った。あんまり喜んだ様子は見せないだろう、いつもと同じく。でも、ほんとうはけっこう親思いな息子たちなんだということを、私はちゃんと知っている。

「一人っきりだよ、私」

もう一度、つぶやいてみたけれど、今度は全然わびしく感じなかった。

やっぱり男が家にいると、面倒くさいね。

そう思いながら私は腰をたたき、立ち上がった。土鍋に火をいれるべく、ガス台の上にどしんと置く。

るるるるる、と、ヤマグチさんのくちぶえを真似《まね》して吹いてみたら、今度はとてもうまくいった。鶏のまるごと煮こみのスープが沸くまで、私は何回も、

「るるるるるるるる」

と、くちぶえを吹きつづけた。しまいには吹きすぎて頭がすかすかした感じになってふらついたけれど、でもなんだか、とても気持ちがよかった。

ヤマグチ、がんばれよ、と思いながら、その夜は鶏のまるごと煮こみを大人用の茶《ちゃ》碗《わん》に四杯もたいらげて、私はぐっすりと眠った。

富士山

代々伝わる家宝が、うちにはある。

富士山、だ。

もちろん、ほんものの富士山ではない。

富士山の形をした、それは、バックルである。

バックルは、ブリキでできている。たいらになっているてっぺんと、なだらかに広がるすそ野。すそ野の片方に、ベルトを通す切れ込みが入り、もう片方はブリキが二重になっていて、ベルトを嚙《か》むようにつくられている。

長年使い続けられたせいか、でこぼこしていて、色は黒ずんでいる。

作られたのがいつなのだか、はっきりとはしないのだけれど、

「たぶん明治じゃないの」

と、母は言う。

「章子《しょうこ》のおばあちゃんのそのまたおかあさん、章子にはひいおばあちゃんにあたる人が、最初にこのバックルを使ったらしいのよ」

そう言いながら、わたしの十三歳の誕生日に、母はバックルを渡してくれた。

「名前は、富士さん」

冗談のような名前を、ことさらに重々しく言って、母はわたしのてのひらの上に、ゆがんだ富士山の形をしたバックルを置いたのであった。

富士さんには、力がある。

「デートを、成功させてくれるの」

十四歳になって、わたしが同じクラスの住吉《すみよし》くんと人生最初のデートに出かけようとした時に、母は教えてくれたのだ。

「だから、今日はぜひともこの富士さんを、身につけて行きなさい」

教え諭《さと》すように、母は言った。

「でも」

わたしはつぶやいた。何を着ていくかは、もう決めていた。ワンピースに、サンダル。バナナのかたちの指輪は、中指に。

「ベルトする余地なんか、ないよ」

母は、言い返すわたしを見据《みす》えた。叱《しか》る、というのではなく、ふたたび教え諭すように、

「そりゃあ、富士さんを身につけて行くか行かないかは、章子の自由よ。でもね。生まれて初めての逢《あ》い引《び》きに、富士さんを身につけて行かなかった女は、今までの四代続いたあたしたち女系の清水家には、一人もいなかったのよ」

と言うのだった。逢い引き、という古めかしい言葉に、わたしは一瞬身を引いた。

あたしたち四代。

それは、しばしば母が口にする言葉である。

わたしが生まれたこの清水の家には、なぜだか女しか生まれない。それも、一代につき一人きりの子供しか、生まれないのだ。婿《むこ》をとって、清水の家は続いてきた。べつにたいそうなお金持ち、とか、由緒《ゆいしょ》ある家柄、というのではないのだけれど、四代続く婿取りの家、というのがどうやら母にはひどく意味のあることのようなのだった。

「わかったよ」

結局わたしは母の迫力に負けた。富士さんのついたベルトをしめるために、ワンピ

ースはあきらめてジーパンにした。わたしは足が短いので、どうにか足を長く見せようとして、デート中は気もそぞろだった。住吉くんは結局、二度と誘ってこなかった。

「その男の子とは、駄目だって、最初から決まっていたっていうことね」

冷酷に、母は言い放った。恨みをこめた目つきで母をにらんでみたけれど、母は平然としていた。

富士さんを、わたしは箪笥《たんす》の奥深くしまいこんだ。もうこんなもの、絶対に身につけて行かない。そう決意していた。

けれど、簡単にわたしの決意はひるがえされることになる。

「富士さんは?」

出てゆこうとするわたしは、すっと寄ってきた母に、聞かれたのである。

わたしは高校生になっていた。住吉くんの後は、男の子と二人きりで会う機会はなかった。一年先輩の深町くんと遊園地に行くことになったのは、あの中学のデート以来のことだった。

「何のこと?」

わたしはとぼけた。深町くんと二人で遊びに行くのだ、ということは、母には隠していた。

「デートなんでしょ」

母は落ちつきはらって答えた。

「ち、ちがうよ」

わたしはあせった。母はにやにやしながら、わたしの全身を眺めまわしている。ワンピースにサンダル。中指には、かえるの指輪。

「隠してるつもりなの？」

母はうすくほほえんだ。わたしは観念せざるをえなかった。とっておきのかえるの指輪ではなく、ただの花か何かの指輪にしておけば、ごまかせたかもしれなかったのに。

「さ、富士さんをつけてね」

母はてきぱきと言った。遅れちゃうから、と抵抗するわたしにはかまわず、母はためらいなくわたしの部屋に入り、簞笥の奥から富士さんを取り出した。銀色の大きな安全ピンをリビングのひきだしから出してきて、富士さんの二重になった方のすそ野に通す。

緑色の布のバッグに、母は富士さんを留めつけた。

「はい。これならいいでしょ」

母はにっこりした。

「う、うん」

どうにも逆らえなくて、へどもどと、わたしは答えたのだった。

いやいやつけていった富士さんだったが、深町くんとはずいぶん長くつきあい続けた。富士さんのおかげだったかどうかは、わからないのだけれど。

短大を出て、わたしは深町くんよりも先に就職した。しばらくしてから、深町くんには、わたしとは違う恋人ができた。

ほんとうのことを言うと、いつ別れたらいいか、両方でさぐりあっていたような時期だったのだ。たぶん遠くない将来、わたしと深町くんは別れるだろうな、と頭ではわかっていた。実際に深町くんに新しい恋人ができたと知った時も、さしたるショックは受けていないと思いこんでいた。

けれど、存外衝撃は大きかった。

別れてからしばらく、わたしは惚《ほう》けたようになっていた。

深町くんショックのせいか、その後三年、わたしには恋人ができなかった。

誘ってくれる男の子もいたけれど、はじめて二人で会う時に、富士さんをつけて行こうと思うような、期待に満ちたデートは、一回もなかったのだ。

なぜだか、わたしがそれほど乗り気ではない時には、母は富士さんをつけて行けとは言わないのだった。ただ一度だけ、ものすごくどうでもいいデートの時に、母が富士さんをつけて行けばと勧めたことがある。

「どうして？」

投げやりに、わたしは聞いた。名前しか知らない相手だった。同僚の女の子がデートのダブルブッキングをしてしまったのだ。けれど、どうしても相手と連絡がつかない。仕方なく、待ち合わせの場所に行って、事情（むろんダブルブッキングしてしまいました、という正しい事情ではなく、急に病気になってどうのこうの、という嘘《うそ》の事情である）を説明し、アフターケアのためにその男の子を適当にもてなすよう、わたしが頼まれたのである。

「なんだか今回は富士さんをつけて行った方がいいような気がするんだけどな」

母は言った。

「いいよ」

わたしはそっけなく言い、すぐに家を出た。

「後悔しないようにね」

母は肩をすくめて、わたしを見送った。

待ち合わせの場所に行って、嘘の事情を話すと、男の子は礼儀正しくわたしに対応してくれた。わざわざいらして下さってありがとうございます。よかったらお食事でも。いや、ただのお礼の気持ちです。気になさらないで。

そう言いながら、男の子はとてもおいしいトンカツをおごってくれた。雰囲気も、顔も、喋《しゃべ》り方も、全部がわたしの好みの男の子だった。

（やっぱり、富士さんをつけてくればよかった）

悔やんだけれど、後の祭だった。

結局男の子は、ダブルブッキングをした当の同僚の女の子と、その翌年に結婚した。トンカツを食べるたびに、しばらく男の子のことを思い出して、胸が痛んだ。

恋人のいない三年が過ぎると、突然の波瀾《はらん》の時期がやってきた。

夏坂くんとは、半年つきあった。

志田くんとは、三ヵ月。

永山くんとは少し長くて、一年半。

桜田くんとは、一年。

そして小坂部《こさかべ》くんとは、四ヵ月と少し。

次々に、つきあうべき恋人があらわれ、わたしは母の指図に忠実にしたがって、富士さんどの人との最初のデートの時も、わたしは母の指図に忠実にしたがって、富士さんを身につけていった。少しだけ長めにつきあった永山くんと桜田くんの時には、ベルトのバックルとしてつけていった。短かった夏坂くんと志田くんとの時には、安全ピンを使ってブローチとして。小坂部くんの時には、鎖に通して首から下げていった。

どうしてわたしの恋は、続かないんだろう。

三十歳の誕生日に、咲いては散っていった幾多の恋のことを振り返りながら、わたしはしみじみと考えた。

わたしは浮気な質《たち》ではない。飽きっぽくも、ない。男を見る目がないわけでも、たぶんない。

でも、続かないのだ。

考えているうちに、悲しくなってきた。もしかすると、高校時代から五年もつきあっていた深町くんのことが忘れられないのかも、とも思った。でも、たぶんちがう。だって、わたしはもう、深町くんの顔も、うまく思い出せなくなっているのだもの。

部屋で、一人で焼酎《しょうちゅう》をちびちび飲みながら、わたしはなんだか世界ぜんたいを呪《のろ》うような気持ちになっていた。

(恋がうまくいかないくらいで、世界を呪っちゃいけないよ)

(飢えた子供たちが、この世の中には何千万人もいるのに)

(そういえば、ものすごく安っぽいショートケーキをこのごろ食べてないな。今度ぜひ食べよう)

頭がぐるぐるまわってきて、考えに脈絡がなくなっていって、わたしはすっかり酔っぱらっているのだった。

富士さんがいけないんだ。

ぐるぐるまわる頭で、わたしは唐突に、結論づけた。

富士さんを、捨てよう。捨てちゃおう。

そう決めて、わたしはジャージの上着をはおった。階段を下りて玄関の扉を開け、隣の家の裏庭に向かって、富士さんを放った。

ぱさり、という音がした。

せいせいしたぜ。

鼻唄《はなうた》をうたいながら、わたしは部屋に戻った。それからぱったりとベッドにうちふし、朝まで一度も目を覚まさずに眠りつづけたのだった。

それ以来、気味が悪いほど、わたしの恋は順調に進んだ。富士さんを捨てた翌週に、研三郎と知り合った。初めてのデートから少ししかたたないうちに、一週間に三回は会わなければ、二人ともいられなくなった。

結婚しよう。

そう言われたのは、半年たった頃だった。代々の入り婿の家系である清水の家に、よろこんで研三郎も婿入りしてくれる、という、願ってもない言葉と共に。

「結婚、するよ」

わたしは母に報告した。それから、父にも。女系の清水家では、何ごともまずは母にいちばんに伺いをたてることになっていたのである。

「そう、それはよかった」

突き放したような言いかたで、母は言った。べつに母が冷たい人間だ、というのではなく、それはただの母のもともとの喋りかたなのだけれど、

(富士さんを捨てちゃったこと、ばれてるのかな)

わたしはどぎまぎした。でも、知らないふりをした。

結婚式は三ヵ月後だった。

翌年には花子が生まれた。

花子が八歳になった年に、父が亡《な》くなった。清水家では影の薄い父だったけれど、母はがっくりと力を落として、みるみるうちにふけていった。

花子が十歳になった年には、母が亡くなった。

「いいお義母《かあ》さんだったのに」

と言いながら、研三郎がわたしよりも激しく悲しみ嘆いたのには、ちょっと驚いた。

富士さんを捨ててしまって以来、どうもわたしは、まっすぐに母と対することがで きにくくなっていた。父が亡くなってから、ますます母が「清水の家の女」としての 誇りを強めたことにも、違和感があった。

花子の初めてのデートは、花子が十三歳になった時のことだった。

昔、わたしが初めてデートに行くことを母が見破ったことを不思議に思っていたけれど、自分が子供を持ってみたら、よくわかった。

なんとなく、わかるものなのだ。

花子にとって嬉《うれ》しいことが起っている、という時には。

友だちとうまくいっている、とか。テストの勉強をさぼらずできた、とか。欲しかったとかげの指輪を手に入れた(花子はわたしに似て、妙な指輪を集めるのが趣味なのだ)、とか。

「行ってらっしゃい」

玄関先で、わたしは見送った。デートなんでしょう、という言葉は、のみこんで言わなかった。花子はうきうきしていた。

「ねえおかあさん」

花子は言い、のびあがるようにして、わたしに耳うちした。

「おとうさんに、これもらったよ」

言いながら、花子はワンピースの襟をわたしの方へ向けて見せた。小さな、黒ずんだ金色の、ブローチのようなものが留まっている。

「なになに?」

わたしは覗《のぞ》きこんだ。

精巧な、大仏のかたちのブローチだった。

「あのね、初めてのデートの時に身につけて行くと、デートが成功するんだって」

花子はほがらかに説明した。

「おとうさんの家に代々伝わってるものなんだって」

黙りこんでしまったわたしに気づかず、花子はおおらかな口調で、言うのだった。

「大仏さん、っていう名前なんだって、それ。おかあさんとの最初のデートの時にもしていったって、おとうさん、自慢してたよ」

花子はワンピースの裾《すそ》をひるがえして出ていった。

青ざめて玄関に立ちつくしているわたしの肩を、研三郎がうしろからぽんと叩《たた》いた。

「のがれられないみたいだよ、こういうものからは」

研三郎は、にこにこしながら、言った。花子とよく似た笑い顔で。

立ちつくしたまま、わたしは力なく頷《うなず》くことしかできないのだった。

輪ゴム

輪ゴムのことは、誰にも言ったことがない。

はっきりと覚えている。十歳の誕生日、その日から、あたしは輪ゴムをつなぎはじめたのだ。

十歳の誕生日。あたしは悲しかった。誰も、あたしの誕生日を祝ってくれなかったからだ。母も。父も。二人いる兄も。友だちも。

誕生日のケーキはなかった。誕生日会も、むろん。プレゼントのかわりに、父から叱《しか》られた。うみは、どうも偏向ぎみのところがあるな。

いかなる「偏向」を、弱冠十歳だった自分が発揮したのかは、もう覚えていない。

あたしの家族は、とても変わっている。

ほかの家のように、父と母のことを「お父さん」「お母さん」とは呼ばない。かわりに「さとし」「りえ」と、名前で呼ぶ。「お兄ちゃん」というのも、なしだ。「だいち」「そら」と、これも名前を使う。互いの誕生日を祝うこともなければ、クリスマスやお正月をすることもない。

すべてのことは「フラット」でなければならない、というのが「さとし」と「りえ」の主義なのである。

「フラット」というものが、どういうものだか、十歳のあたしにはあまりよくわかっていなかった。ただはっきりしていたのは、誕生日を祝ってもらえなくてつまらない、ということだった。

「どうしてうちはお誕生日をしないの」

あたしは「りえ」に聞いた。

「りえ」は、ほほえんだ。

「わたしとさとしが、する必要を感じていないからよ」

「りえ」は鷹揚《おうよう》に答えた。

「うみが独立して、それでもまだ誕生日を祝いたければ、祝えばいいのよ」

口ごたえしようのない答えだった。「祝ってはならない」だったら、なんだかいいんちきくさい。「禁止」は「フラット」ではないから。そうではなく、「自分でしたいのなら、それは自由」、なのだ。十歳の子供が、その言葉にどんな反対ができたろう。

高校になると、あたしはすぐに家を出た。実家からはずいぶん遠い、全寮制の高校に入った。「りえ」と「さとし」と「だいち」と「そら」のいない場所で、あたしは生まれて初めてのびのびとした気持ちになった。

「フラット」という考えに、あたしはしんからなじめなかったのだ。あたしはたぶん、凡庸なのだ。みんなと同じがいい。いつだってあたしは、あの家族の中でただ一人、そう思いつづけていた。


そうだ。輪ゴムのことだった。

誕生日を祝ってもらえなかった十歳のあたしは、すねた。部屋にこもって一人でしんみりしたかったけれど、あたしの「フラット」な家に、個室はなかった。仕切りみたいなものがいくつかあって、必要に応じて動かしては、「さまざまな空間を演出」するのが、「さとし」と「りえ」のやりかただった。

仕方がないので、あたしは輪ゴムをつなげたのだ。

輪ゴムは、床に落ちていた。「りえ」の仕事は、もの書きだった。輪ゴムでとめられた資料が、ときどき届いた。「りえ」は掃除が嫌いだったので、床にはいつも輪ゴムが散らかしっぱなしになっていた。

拾って、あたしはつなげてみた。ゴム段のゴムをあむ要領で、十個ほど、つなげた。びろーんとのばしてみた。ぱっと離すと、ゴムは少しだけ空を飛んだ。一本のゴムではなく、つなげたゴムだったので、重みですぐに落ちた。なんだかわからないけれど、安心した。

次の日、もっとゴムを長くしようと思い、家じゅうの床を探しまわった。五つ、新しい輪ゴムが見つかった。次の日は、三つ。翌週は四つ、拾った。

輪ゴムをつなげたものは、だんだんに長くなっていった。

十一歳の誕生日には、十メートル以上になっていた。十二歳の時には、その倍に。十三歳になると、さらにさらに長く。最初は靴下をしまう引き出しの奥に隠しておいたのだけれど、収まりきらなくなって、持ち歩くことにした。

軽い布のバッグに、巨大な輪ゴムのかたまりを入れて、あたしは雨の日も風の日も学校に通った。学校でないところに行く時にも、忘れずにバッグをたずさえた。「りえ」も「さとし」も、袋の中身については、詮索《せんさく》しなかった。なにしろ「フラット」な家だったので。友だちはときどき不思議がったけれど、

「親がうるさいから、これ、見られないようにしてるんだ」

と、曖昧《あいまい》なことを言うと、適当に解釈してくれて――見られたくない手紙だのノートだのなんだろうなあ、などと――それ以上くわしく聞こうとはしなかった。

さみしい時、あたしはいつも輪ゴムを取り出して、かさのあるゴムのかたまり全体を、ふってみる。びよん、という音がかすかにする。最初の頃につないだ部分は、劣化してべとべとしはじめている。べとべとがくっついて、全体は丸くかたまっている。つないだばかりの新しい端をのばしては、手を離してみる。ぴしりと鳴る。輪ゴムは、とても輪ゴムくさい。

（「りえ」と「さとし」を、どうしてあたしはあんまり好きじゃないんだろうなあ）

そんなことを思いながら、あたしは輪ゴムのかたまりを揺らしつづけるのである。

高校を卒業すると、あたしはすぐに就職した。職場に、あたしはあまりなじまなかった。ほんとうは、学校にだって、友だちにだって、なじまなかったのだ。

「りえ」と「さとし」の家にはむろん全然なじめなかったけれど、かといって「フラット」ではない、ふつうの世間さまにも、あたしはうまく溶けこむことができなかった。

どちらにも行けない。

それが、あたしなのだった。

会社には十年勤めた。ある朝、会社に行こうとして、あたしは突然、

「もういいや」

と思った。お昼を一緒に食べる相手もいなかった。飲み会に誘われたこともほとんどない。人間関係なんて、会社の生活には無関係だと思っていたけれど、周囲の人たちのあたしに対する無関心は、きっと知らないうちにあたしの気持ちをむしばんでいたのだ。

会社を辞めたあたしは、部屋から出られなくなった。一年、あたしはほとんど外に出ずに過ごした。貯金はあった。人づきあいがないと、お金はたまるのだ。自殺しようかな、と思うこともあったけれど、それもなんだかいやだった。

「りえ」と「さとし」と「だいち」と「そら」はどうしてるかな。

ときおり、あたしは思った。そういう時、あたしは輪ゴムのかたまりを引き寄せて、さわってみた。しばらく新しい輪ゴムを足していないので、劣化した部分がどんどん広がっている。隠す相手もいないので、輪ゴムは箪笥《たんす》の上に置いてあった。ぺたぺた

と劣化したところが、箪笥にくっついていた。はがそうとすると、箪笥にうす茶色の輪ゴムの跡が残った。

あたしはしばらく輪ゴムのかたまりをさわり、するといつの間にか必ず、すうっと寝入ってしまうのだった。


あたしは突然復活した。

髪を切り、服を買い、新聞を毎日読むようになり、再就職した。

再就職先は、足ツボマッサージのお店だった。研修があります、という条件で、おまけに研修の終わる半年後までは給料は無し、というあぶないような仕事だったけれど、いざ始めてみると、案外きちんとした職場なのだった。

お店は、中央線の駅からバスで十分、小路《こうじ》の奥にひっそりとある。店の場所を知らない人はとても辿《たど》りつくことができないような場所だ。

（こんなところに誰が来るんだろう）

最初は、思った。けれど、お客はひっきりなしに店を訪れた。

働いているのは、全員女だ。そして、お客もほとんどが女だ。働く女も、客の女も、みないちように無口だ。

足の裏をさわると、お客のことがよくわかる。悩んでいるお客。迷っているお客。かなしんでいるお客。怒っているお客。しあわせでいっぱい、というお客は、この店には来ない。マッサージを受けて少しだけ回復して、けれどすっかりお客のものおもいが晴れてしまう、ということはまずない。

勤めはじめて一年めに、あたしを指名してくれるお客ができた。内田さん、という三十代の女の人である。

内田さんは右耳が聞こえない。小さいころに中耳炎をこじらせて、そのあとの手当てがよくなかったのだという。喋《しゃべ》るときに、内田さんはいつも顔をななめにする。聞こえるほうの左耳をさしだすので、そういう姿勢になるのだ。もの問いたげな、やわらかな印象の動きである。

「平山さんは、もうこのお仕事、長いの」

内田さんはマッサージの合間に聞いたりする。

「まだ一年です」

あたしは正直に答える。

「でも上手ね」

ありがとうございます、とあたしはお礼を言う。内田さんは、お父さんの介護をしているのだ。お母さんは早くに亡《な》くなり、お父さんも六十になったばかりの頃倒れた。

「大変ですね」

と言うと、内田さんはほほえむ。

「でも父のこと、好きだから」

内田さんの答えを、あたしはぼんやりと聞く。「さとし」や「りえ」が倒れたとしても、きっとあたしは心がほとんど動かないだろう。介護も、したくない。

「平山さんは、うみ、っていう名前なのね」

名札を見ながら、内田さんは言った。はい、と頷《うなず》くと、内田さんは、

「いい名前」

と言った。あたしは答えなかった。かわりに、マッサージに集中するふりをした。

内田さんはそれ以来、前よりも頻繁《ひんぱん》に来るようになった。いつも内田さんは疲れている。ときどきは、手や足に痣《あざ》ができている。

「父は、大柄なの。ささえきれなくて失敗しちゃうことがあるのよ」

内田さんはほほえむ。あたしは無言で頷く。内田さんに施術《せじゅつ》をした日には、あたしは必ず輪ゴムのかたまりをさわる。ゴムくさい輪ゴムのにおいを、ふかく吸いこむ。

どこかで見たことのある人だ、と思ったら、内田さんだった。

いつもと印象が違うのは、メイクをしっかりして、髪もつくりこんで、袖《そで》なしのミニのワンピースを着ているからだった。

内田さんは男の人を見送っているところだった。

男の人が見えなくなると、内田さんはそれまでのはしゃいだ声を落とし、「くそ」と低くつぶやいた。不機嫌そうにまばたきをすると、内田さんは扉を開けてお店の中に入っていった。時刻は夜の九時で、紫色の看板には「クラブジョイ」とあった。

クラブジョイは、あたしの部屋から駅までの道筋にある。次の週も、あたしは内田さんを見た。お店の外で、内田さんはメールを打っていた。しらんふりで急いで過ぎようとしたけれど、内田さんはあたしに気づいた。

「平山さん」

あっけらかんと、内田さんは呼びかけてきた。何と答えていいのかわからなかったので、こんにちは、と、間抜けな挨拶《あいさつ》を返した。

「このへんなんだ？」

内田さんは聞き、携帯電話をぱちんと閉じた。あたしは頷いた。

その日はあっさり別れたけれど、次にクラブジョイの前で顔をあわせたときに内田さんは、

「ねえ、うちに遊びにこない」と言った。

あたしはびっくりした。今まで「家に遊びにきて」などと誘われたことは、一度もなかった。もともとマッサージ店員とお客さんという立ち入ってはならない関係であるうえに、内田さんがどんな人なのか全然わかっていなかったけれど、あたしは思わず頷いていた。

「上がりは十一時だから、そのころこのへんで待っててよ」

内田さんはさばさばと言った。マッサージを受ける時とは、全然違う雰囲気だった。あたしは気圧《けお》されて、また無言で頷いた。

夕飯を済ませてから、クラブジョイまで歩いていった。内田さんはもう待っていた。ミニのワンピースではなく、いつもマッサージに来る時の地味な服になっていた。メイクも落としている。

内田さんのところは、電車で二駅先だった。お父さんと暮らしているというので、マンションか一軒家なのかと思っていたけれど、古そうなアパートの二階に、ためらわず内田さんは上がっていった。

ドアを開けると、甘ったるい匂《にお》いがした。玄関から部屋のぜんたいを見通すことができるほどの、小さなところだった。人けはなかった。

「お父さんは？」

あたしは聞いた。

「死んだ」

内田さんは答えた。え、とあたしは息をのんだ。ごめんなさい。小さな声であたしは言った。

内田さんはしばらくぼんやりしていた。水をくみ、一息に飲みほした。立ったまま、あたしは内田さんを見ていた。

「ほんとは父親の介護なんて、してないの。男と一緒に住んでたの。よく殴る男だった。先月、出ていっちゃったけど」

内田さんは言った。言いおわるとまた水を一杯飲み、ほほえんだ。マッサージの時に見せるのと同じ、優しい表情だった。

「平山さん、恋人、いる？」

内田さんは聞いた。

いない。あたしは答えた。

内田さんはほうじ茶を淹《い》れてくれた。二杯飲んでから、あたしは帰った。何の話をするでもなかった。静かな時間だった。

帰ってから、あたしは輪ゴムにさわってみた。輪ゴムはつめたかった。内田さんの部屋は、よく片づいていた。


内田さんの部屋に行く機会は、それ以来一度もない。内田さんは今もマッサージを受けに来る。いつもあたしを指名してくれる。ほとんど会話をかわさず、あたしは施術を行う。内田さんは変わらず、いつも少し疲れている。

輪ゴムのことを、いつか誰かに話すことがあるのかもしれないなと、あたしは思う。

この前、輪ゴムの劣化した部分をたくさん切り取って、捨てた。まだ劣化していない新しい端に、久しぶりに新品の輪ゴムを二十ほどつないでみた。

「輪ゴムは、一度でも伸ばしたり引っ張ったりすると、劣化がはじまります」

インターネットで「輪ゴム」を検索してみたら、そんな言葉が書いてあった。

「りえ」と「さとし」は、もうすぐ六十になるはずだ。同い年で、学生結婚をした二人なのである。

「だいち」と「そら」は、あの家を出ただろうか。「りえ」は、机に深くかがみこむようにして、まだ毎日せっせと書きものをしているのだろうか。「さとし」は、今も新聞四紙を毎日購読しているのだろうか。

新しい輪ゴムをひっぱると、びん、といういい音がする。劣化が始まっちゃうよね、と言いながら、あたしはびんびん音をさせて、何回でも輪ゴムをひっぱってみる。「りえ」と「さとし」の顔を、あたしはうまく思い出せない。輪ゴムは、つよく匂う。

かぶ

滝田課長は「イカの塩辛」ね。墨川くんは「にんにくみそ」かなあ。そしたら、ハットリくんは何だろう。

あれだよ、あれ、「オニオンリング」だよ！

「オニオンリング」を思いついたのは、早苗《さなえ》ちゃんだ。

あたしたちは今、課の男たちについて、「酒の肴《さかな》にたとえるなら遊び」をしているのだ。男たちを「お札のえらい人」にたとえたり、「戦国大名の誰か」にたとえたり、「キノコのいろいろ」にたとえたりするのは、お酒の席でのあたしたちのあたりさわりのない遊びだ。

今日は、会社のすぐそばの居酒屋「くわいや」で、夕方からずっと飲んでいる。早苗ちゃん、中上さん、瀬戸さん、シゲちゃん、それにあたしの五人というフルメンバーだ。

あたしの課の五人の女の子たちは、けっこう仲がいい。二ヵ月にいっぺんくらいは、なんとなく誘いあわせて、特に名目もなくみんなで飲んだり食べたりする。

早苗ちゃんとあたしは同期で、シゲちゃんはその二年下、中上さんと瀬戸さんは、さんづけで呼ばれているけれど、ものすごく年上、というわけではない。五人とも、三十手前から三十少し過ぎまでの、総体に落ちついた風情《ふぜい》の女の子たちである。

「オニオンリングって、ケチャップつけるのが好き？　それともソース？」

中上さんがみんなに聞いた。

「わたしはケチャップだなー」

すぐに答えたのは、シゲちゃんだ。

「塩です」

決然と答えたのは、瀬戸さん。いちばん年長なのに、年下のあたしたちと喋《しゃべ》る時も必ずていねい語を使う。

「オニオンリングって、まわりがぱりっとしてて、中がしなっとしてるところがいいんだよね」

早苗ちゃんがつぶやくように言った。早苗ちゃんは「オニオンリング」のハットリくんのことが、ちょっと好きなんじゃないかと、あたしはにらんでいる。ハットリくん、というあだ名をつけたのも、早苗ちゃんだった。本名は山田敏明《としあき》のハットリくんは、無表情なのになんだか愛嬌《あいきょう》があって、骨惜しみせず働く男の子だ。営業成績もい い。「忍者ハットリタイプだよね、山田は」ある日の飲み会の時に早苗ちゃんが言ったので、山田は以来ハットリくんと呼ばれるようになったのだ。

「豊川《とよかわ》は」

「蛍光色の黄色いたくわんです」

瀬戸さんが断言した。豊川は、怠け者で口ばかりが達者で、いつもなぜだか少しきつめの細身のスーツを着ている。豊川は、女の子は全員豊川を疎《うと》んじているけれど、男の人たちはそうでもないみたいなのが不思議だ。男たちって、へんにかばいあうよね。いつかシゲちゃんがぽつりと言っていた。

女の子たちは、あまりかばいあわないし、お互いを攻撃もしあわない。一人一人、という感じだ。「OL」の世界には、もっと女どうしの軋轢《あつれき》があるのかと思っていたけれど、少なくともこの会社ではそういうことはない。

「じゃあ、川成《かわなり》チーフはどうかな?」

と聞いたのは、シゲちゃんだ。しばらくみんな、黙って考えている。

「おでん？」

早苗ちゃんが言う。

「ちょっとちがうな。それよりもっと、お醤油《しょうゆ》味がうすい感じ」

「じゃあ、トマト？」

「そんな赤くないよ」

どっと笑い声があがる。川成チーフは、とても色が白いのだ。

「かぶだ！」

中上さんが叫んだ。

かぶって、お酒の肴なの？　でもやっぱりかぶだよ、川成チーフ。かぶに決まり。うす味のだしで煮たかぶ。

みんなと声を揃《そろ》えて笑いながら、あたしはなんだか複雑な心もちだった。

あたしは川成チーフと、もう二年も一緒に住んでいる。みんなにはむろん秘密だ。川成チーフは既婚者だ。けれどあたしとつきあう前から川成チーフは家を出ていて、ずっと別居状態だった。

かぶ、と言われるくらいの存在感の薄さのせいか、川成チーフが家を出ているということは、女の子たちは誰も知らないはずだ。というか、たぶん、誰も関心を持っていないにちがいない。

川成チーフとつきあうようになったきっかけは、万葉集だった。会社がお休みの土曜日、あたしは市民会館の万葉集講座を聞きに通っていた。万葉集がことに好きだったわけでもないのだけれど、時間をもてあましていたのだ。資格をとるための勉強、とか、買い物に行く、なんていうことをしてもいいようなものなのだけれど、どちらもお金がかかる。

川成チーフは、隣の席にいた。最初あたしは気づかなかった。なにしろ存在感の薄いひとだから。

「桐田《きりた》君」と呼ばれて、あたしはびっくりした。

川成チーフは、スーツを着ている時よりもずっと若々しくみえた。講座の帰りにお茶を飲むようになり、夕飯も一緒にとるようになり、親密になったのはいくらもしないうちだった。

川成チーフは、ものすごく力もちだ。

男の人としてはそんなに背が高い方じゃないのに、あたしをかるがると抱きあげる。お姫さまだっこも、お手のものだ。頼めばそのまま部屋の中を何周でもしてくれる。

あのことも、ものすごく上手だ。

色白で、顔だちも印象のうすい、なんだか紙でつくったひな人形みたいな人なのに、あのときになると、自由闊達《かったつ》、千手観音《せんじゆかんのん》と仁王《におう》と阿修羅《あしゆら》がまざったような、ものすごい動きをみせる。

「早く離婚して、桐田君と籍を入れたいな」

というのが、川成チーフの口癖だ。その言葉はあたしにとって嬉《うれ》しい言葉なはずなのに、なぜだかいつもあたしをうら悲しい気分にさせる。

川成チーフの奥さんは、とても「怖い」ひとだそうだ。なんでもないことですぐに立腹し、怒鳴りつけ、ものを投げ、しまいにはなぐりかかってくるという。

「たまにはなぐり返したりしたの？」

と聞いたら、川成チーフは首を大きく横にふった。

「こわくてとてもできなかった」

「でも力もちなのに」

「肝《きも》は小さい」

川成チーフは、一ヵ月に一回、家に戻る。生活費を渡すためである。振込にしたらますます離婚に応じる気持ちをなくす、と、奥さんに言われているのだ。

「行ってくる」

そう言いながら、川成チーフは出かけてゆく。あたしは小さく手をふって見送る。

奥さんに生活費を渡してきた日には、あたしたちはちょっと離れて眠る。いつも敷いている二枚の布団《ふとん》の間に、いつもはつくらない隙間《すきま》を、あたしが無意識につくってしまうためだ。

そのことに最初に気づいたのは、川成チーフだった。

「あれっ、こんなところに川がある」

川成チーフはつぶやいた。

「なにそれ」

あたしが聞くと、川成チーフは突然歌をうたいはじめた。

「おとーこーとおんなーのあいーだーにはー」

あたしはびっくりした。

「ふかーくーてくらいーかわーがーあるー」

野坂昭如《あきゆき》だよ。川成チーフは教えてくれた。黒の舟唄《ふなうた》。

それ以来、無意識にではなく、あたしはわざとその日には布団の間に隙間をつくるようにした。儀式みたいに。

布団と布団の隙間のある日には、川成チーフは、あたしに決してふれようとしない。手すらつながない。

それが、あたしは淋《さび》しい。川なんて越えて、どんどん来てほしいのに。


早苗ちゃんが、ハットリくんこと山田敏明と婚約した。

あたしたちは、早速内輪のお祝い飲み会を「くわいや」で開いた。

「いつからつきあってたの」

「プロポーズって、どんな言葉だった」

「ハットリくんって呼んでるの？」

くちぐちに聞き、早苗ちゃんが真面目《まじめ》に答えるたびに笑い声があがった。

その夜は、ずいぶん飲んでしまった。三十を過ぎた時も、課の若い女の子が結婚のために先に辞めていったような時も、あたしはぜんぜんあせりを感じなかったのだけれど、今回の早苗ちゃんの婚約は、あたしにはちょっとショックだった。

よろよろ歩くあたしを、早苗ちゃんが駅まで送ってくれた。お祝いの小さな花束がにおった。

「よかったね—」

少し呂律《ろれつ》のまわらなくなった口調で言うと、早苗ちゃんは嬉しそうに頷《うなず》いた。

「同じ課の人どうしの結婚て、あたしたちが入ってから初めてだね—」

そう続けると、早苗ちゃんはまた頷いた。

「誰かいい人、ほかにこの課にいないかな—」

なんだかヤケみたいな気持ちになって、あたしは言った。川成チーフなんて、いいんじゃない？　と、早苗ちゃんが答えてくれるといいなと、心の隅で思いながら。言ってくれるはずなど絶対にないのに。

「そういえば川成チーフ」

早苗ちゃんが口にしたので、あたしは飛び上がりそうになった。

「え」

「川成チーフ、奥さんと復活したのかな」

え。またあたしは言った。声がふるえないように、お腹《なか》に力を入れた。

「奥さんと復活って？」

「知らなかった？　川成チーフ、ずっと別居してるみたいなんだよ。でもこのごろ時々奥さんが会社に会いにやってくるの。お昼とか一緒に食べてるみたい」

目の前がぐるぐるした。すっかり酔っぱらっちゃったよ。ありがとお。言いながら、あたしは早苗ちゃんから離れ、後ずさった。

部屋までの道が、いやに長く感じられた。玄関を開けても人の気配がなかった。その夜、川成チーフは帰ってこなかった。

次の日には、川成チーフは部屋に戻ってきたけれど、顔色が冴《さ》えなかった。

「昨日、どうしたの」

さりげなく聞こえるようにと祈りながら、あたしは聞いた。

「ちょっと仕事が」

仕事などなかったことは、同じ課なので、よくわかっている。でもあたしは追及しなかった。

その週いっぱいは川成チーフはいつも通り部屋に帰ってきたけれど、次の週からは、三日に一回帰ってこなくなり、それがやがて二日に一回になり、そのうちに帰ってくるのは週に一回、二週に一回という間隔になっていった。

奥さんと、元にもどったの。

何回も、あたしは聞こうとした。でも聞けなかった。

だって、答えはわかりきっていたから。

それを聞く時は、つまり川成チーフと完全に別れると覚悟した時なのである。

川成チーフは、部屋に来るたびに、必ずあのことをおこなった。阿修羅のような仁王のような千手観音のような、あのこと。

（あたしに対する言い訳みたい）

うつぶせの姿勢になったまま、あたしは思っていた。

あのことはやっぱりとてもきもちがよかった。ものすごく悲しかったけれど。悲しいと、ますますきもちよくなるような気がした。

結局最後は、あたしから川成チーフにさよならを言った。

「自分から言いだせない人だからね、川成チーフは」

そう明るくあたしは前置きして、もうこの部屋に来ないで下さいと告げた。

「肝が小さくてごめん」

川成チーフは謝った。謝らないでほしいと思ったけれど、言わなかった。

「それじゃ、また明日」

川成チーフの後ろ姿にあたしは言い、小さく手をふった。奥さんに生活費を渡しに行っていた時と同じように。

川成チーフがいなくなってから、あたしは冷蔵庫の野菜室からかぶを取りだした。大きなかぶだった。両のてのひらでも包みきれないくらいの。

皮をむいて、切りわけて、だしで煮た。それから少し迷ったすえ、お酒とお醬油《しょうゆ》をたくさんめに入れて味をつけた。最後にゴマ油をたらした。

「味の濃いかぶだな」

言いながら、どんどん食べた。

「男と女の間の川なんてくそくらえ」

言いながら、どんどん食べた。

お腹がいっぱいになって、あたしは背をそらした。かぶはおいしかった。川成チーフなんて、かぶにはぜんぜん値しない、かぶに悪いよと思いながら、煙草《たばこ》を一本吸った。久しぶりの煙草で、くらくらした。それから、大声で「ばかやろう」と叫び、壁にお皿を投げつけた。投げつけたけれど、力は加減していたので、お皿は割れずにころがった。かぶの残りが、つぶれて床に広がった。

川成チーフとつきあったこの二年半を、絶対にあたしの人生にいかしてやるんだ、無駄な時間にしないんだと決意しながら、あたしはもう一度「ばかやろう」と叫び、すっくと立ち上がった。

　そのとたんに涙があふれ出て、あたしは今までどんなに悲しかったか、どんなに淋しかったかを、いちどきに思い出した。おんおん声を出して泣いて、それからかぶを片づけた。かぶは柔らかくて、ぐずぐずだった。こんなものに一所懸命だったなんて、ばかだよあたし、と思った。それからすぐに、かぶに悪いね、ごめんよかぶ、と謝った。

道明寺《どうみょうじ》ふたつ

これって、嘘《うそ》じゃないの？

このところ、あたしはずっと思っている。

今あたしは、うっすら煮たっているおだしの中から、にんじんを菜箸《さいばし》で持ちあげたところだ。竹ぐしで、あたしはにんじんを刺す。まんなかへんが、ちょっと固い。でも、このまま煮つづけてしまうと、くずれるまでに柔らかくなってしまうから、ここで調味料を入れた方がいい。ということは、この前教わったばかりだ。

ゆっくりと、あたしは菜箸を戻す。だしの中で煮えるにんじんも、里芋も、こんにゃくも、にごりのない色だ。あたしは今、料理教室に来ている。六ヵ月前から、通っているのである。

都心まで電車に乗って、乗りかえて、降りた駅から歩いて七分のところに、「和子《かずこ》先生」の料理教室はある。和風の、二階建てのおうちだ。門の両脇《りょうわき》には、松の木が二本。お庭には灯籠《とうろう》があって、よく手入れされた芝生のそちこちに、あたしが名前を知らない木がたくさん植えられている。

「和子先生」は、品のいいおばあさんだ。動作がとても優雅で、乱暴に水を撥《は》ねかせたり、包丁をふりまわしたり、なんていうことは絶対にしない。

この教室のことは、中林さんが教えてくれた。

あたしと中林さんのことについては、少しばかりの説明が必要かもしれない。

四年前、あたしは中林さんを熱烈に好きだった。大好きで大好きで大好きでしかたがない、その熱情のゆきどころを見つけられなくて、しかたなく毎晩部屋の中でぴょんぴょん踊りくるってしまうくらい、好きだった。

それから半年後。あたしは中林さんにふられた。

二年が、たった。

あたしは中林さんのことなんか、すっかり忘れた。と、思っていた。

でも、ちがった。あたしはこの期《ご》におよんでも、ほんとうは中林さんのことを忘れていなかったのだ。

そのことに気づいたのは、中林さんから突然また、さそいの電話がきたからだ。

あたしは中林さんと会った。

しばらくしてから、また会った。

それからも、何回か会った。

中林さんからの誘いは、不規則だった。あたし以外に女がいることは、なんとなくわかっていた。でも、かまわなかった。

あたしは嬉《うれ》しかったのだ。中林さんは、すてきだから。すてきな人はたくさんいるけれど、中林さんのような「すてき」は、他にはない。

あたしはひきずられるようにずるずると、中林さんと会い続けた。

中林さんの様子が変わったのは、ふたたび会いはじめてから一年ほどたったあたりからだった。

まず、メールの返事がすぐ来るようになった。

土曜や日曜はほとんど会おうとしなかったのに、中林さんの方から率先《そっせん》して、あたしの週末の予定を聞くようになった。

あたしの誕生日を忘れないようになった。

クリスマスも、ホワイトデーも、一緒に過ごすようになった。

あたしのイラストの仕事を、ばかにしなくなった。

そして最後に、中林さんは、あたしに結婚を申しこんだ。

「ねえアン子。ほんとうにそれでいいの？」

中林さんの申しこみを受けるつもりだ、と打ち明けた時に、修三《しゆうぞう》ちゃんが言った言葉だ。

修三ちゃんは、美大時代からの親友だ。心根《こころね》のきれいな、口の悪い、生粋《きっすい》のゲイ（最近修三ちゃんは、「おかま」と自分を呼ぶように強要しなくなった。「『ゲイ』っていう言葉に、もはや複雑な意味や隠喩《いんゆ》が付与されなくなったからね」ということらしい）である、修三ちゃん。

「いい、よ」

あたしは答えた。語尾に自信のなさがあらわれていることが、まるわかりの調子で。

中林さんは、あたしの家に挨拶《あいさつ》に来た。三《み》つ揃《ぞろ》いのスーツを着て、虎屋《とらや》のようかんを手土産に持ってきた。父も母も、おっかなびっくりだった。

「杏子《あんこ》で、いいんですか」

母は聞いた。

「はい」

中林さんは落ち着きはらって答えた。

「杏子の、どこがよかったんです」

母は食い下がった。

「ひかえめなところです」

中林さんは、あたしの家のたたずまいに、全然似合っていなかった。ものすごく、浮いていた。昭和の建売住宅の、低い鴨居《かもい》をくぐるたびに、建てつけの悪い扉がぎいと鳴るたびに、中林さんの存在は、よそよそしい感じを増していった。

父も母も、その日は、中林さんが帰ってからもずっと口ずくなだった。


このごろ、あたしは前と違う服を着るようになった。

ピンクと緑と黄色の組み合わせ、とか、縞《しま》とチェックの組み合わせ、なんていう感じの、あたしがよく着ているふうな服を、中林さんが好まないからだ。

今やあたしは、ヒールの高い靴を履いている。ストッキングも。下着は絹。中林さんが買ってくれるのだ。

セックスのやりかただって、違う。

「昔つきあってた時とも、ちがうんだよ」

いつか酔っぱらって修三ちゃんに言ったら、修三ちゃんは顔をしかめた。

「アン子、下品」

「下品になりたい夜だって、あるさー」

あたしはがなった。

中林さんのセックスは、昔よりもなんだか攻撃的になった。愛するあまりの攻撃、というのではなく、技巧ある攻撃、という感じがした。

「いいじゃない、技巧があるんなら」

修三ちゃんはなぐさめてくれたけれど、言葉に力がこもっていないことは明白だった。修三ちゃんは、あたしと中林さんが結婚することを、不安に思っているのだ。

修三ちゃんだけではない、父も、母も、中林さんのことを、なんとなく、うたぐっている。

どうしてこの人は杏子と結婚するんだ？　共通点なんか、一つもなさそうなのに。

あたしのまわりのみんなが、そう思っている。そして、あたし自身も、少しだけそう思っている。

和子先生に、呼び止められた。

「少し、お聞きしていいかしら」

和子先生は、もの柔らかに言った。

教室が終わって、あたしは玄関への廊下を歩いているところだった。したくの遅いあたしは、教室のみんなに取り残されていた。家の中には、和子先生とあたしの二人きりである。

「いただきもののお菓子がありますの。お茶でもいかがかしら」

和子先生は言って、あたしを手招きした。柔らかい言い方だけれど、さからえない感じだった。

和子先生は、ていねいにお煎茶《せんちゃ》を淹《い》れた。お菓子は、すあまだった。

「単刀直入にお聞きしますね。杏子さんは、晋《すすむ》さんと、本気で結婚なさるおつもりなの？」

あたしはむせた。晋、というのは、中林さんの下の名前である。

「どうして？」

ていねい語を使うこともわすれて、あたしは聞き返していた。中林さんは、しょっちゅうあたしの言葉づかいを叱《しか》る。

和子先生は、ほほえんだ。それから、静かな声で言った。

「おうちとおうちの格式がつりあわないと、不幸になりますわよね」

和子先生は、またほほえんだ。優しげなくちぶりだったけれど、断言だった。あたしは背筋がぞくっとした。何も言い返せなかった。ただうつむくことしかできなかった。

先生はあたしを玄関まで送ってきた。ごきげんよう、と、先生は言った。最後まであたしは何も言えなかった。

「晋さんのおばあさまと、わたくし、女学校時代からの長いおつきあいなんですのよ」

あたしの耳もとで、ささやくように和子先生は言ったのだった。


「こわっ」

というのが、修三ちゃんの反応だった。

「そのばばあ、中林さんのおばあさまとやらの、『長いおつきあい』の愛人なんじゃないの？」

修三ちゃんらしい発想に、あたしは一瞬だけ、笑った。それからまたすぐに、しゅんとした。

あたしは、和子先生の言葉に、まいってしまったのだ。ただでさえ不安な中林さんとの結婚なのである。

「中林さんとちゃんと話し合わなきゃならないかな」あたしは修三ちゃんに聞いた。

「話し合うことなんかないから。話し合ったら、アン子はすぐに中林にまるめこまれちゃうから。修三ちゃんは答えた。この際、有無を言わせず別れちゃえばいいのよ。

でもあたしは、そうはしないつもりだった。

あたしだって、少しは大人になったのだ。このまま逃げるようにして中林さんから離れてしまったら、きっと一生後悔する。

「話すよ。ちゃんと、話す」

あたしは修三ちゃんに宣言した。

ほんとうは、びくびくしていたのだ。けれど修三ちゃんに弱みは見せたくない。いろんな弱みはすでに見せているけれど、このことに関しては、いやだ。

「中林さん」

あたしは携帯に電話した。いつもなら遠慮してメールにするのだけれど、こんな時に遠慮などしていられない。

「会って下さい」

あたしはてきぱきと、待ち合わせの場所を指定した。中林さんは短く、うん、うん、と答えた。

珍しく、待ち合わせの場所には、中林さんの方が先に来ていた。すっきりとスーツを着こなしている。やっぱりこの人はすてきだと、あたしは思った。

「中林さんのお家《うち》のかたたち、あたしたちの結婚に反対なんじゃありませんか？」

前置きなしに、あたしはきりだした。中林さんの家には、一回だけ挨拶に行った。冷たくされたりはしなかったけれど、なんだか自分が人間扱いされていない、という感じがした。可愛《かわい》い犬を眺めるような目で、中林さんの両親はあたしを見ていた。

中林さんは、答えなかった。

「反対なんですね？」

しばらくしてから、中林さんは小さく頷《うなず》いた。

あたしはじっと中林さんを見つめた。中林さんは、目をそらした。

「中林さん」

あたしは静かに言った。

「あたしのこと、好きですか？」

中林さんは、頷いた。真面目《まじめ》な顔だった。

「あたしと、結婚、できますか?」

また静かに、聞いた。

中林さんは黙っていた。五分ほど、いや、十分ほどだろうか。

最後に、中林さんは首をこくりと折った。それから、ゆっくりと首を横にふった。

そしてしぼり出すように言った。

「杏子ちゃんと結婚したかった。変われると思ったんだ。杏子ちゃんと結婚すれば。ほんとうに杏子ちゃんのこと、好きになってたんだ。でも」

でも、の後の言葉は、なかった。

あたしは立ち上がった。振り向かずに、会計をした。中林さんのぶんも、あたしはきっちりと払った。


修三ちゃんを呼んだのは、春になってからだった。

三ヵ月、あたしはへたっていた。

ちゃんと好きになってくれていたのに。がんばれば、何とかできたかもしれないのに。

何回も、思った。

桜が咲いて、新しいイラストの仕事の注文がきて、お絵描き教室にも新しい生徒が入ってきて、ようやくあたしは人間の正しいかたちを取り戻したのだった。

「人間のかたち」

修三ちゃんは笑った。

「そうだよ、なんだか自分が、蠟細工《ろうざいく》のにせもの人間になったような気持ちだったよ」

「にせもの人間」

また修三ちゃんが笑った。

「ほら、食堂とかのガラスケースに、蠟細工で出来た、にせものくさいラーメンやオムライスの食品見本があるじゃない」

ああ、合羽橋《かっぱばし》とか行くと売ってるやつね。修三ちゃんは頷いた。

今日は、修三ちゃんにお昼をごちそうするのだ。

「アン子のくせに、いやにしゃれた盛りつけじゃない」

たけのことぜんまいをふっくらと煮つけて鉢《はち》に盛ったものを見て、修三ちゃんは言った。

「和子先生に教わったのさ」

「ああ、あの、ビアンのばばあ」

「ちがうから」

献立は、全部和子先生に教わったものにした。たけのことぜんまい。さわらの幽庵《ゆうあん》焼《や》き。はまぐりずし。うしお汁。

「うまい」

修三ちゃんは、どんどん食べた。はまぐりずしは、三杯もおかわりをした。

「ビアンばばあのくせに、いい仕事してるな」

「それ、差別だよ、レズビアンの人に対する。それから、男言葉になってるよ、修三ちゃん」

あら、一本とられたわね。修三ちゃんは華やかに笑った。

食後には、道明寺《どうみょうじ》の桜餅《さくらもち》を食べた。修三ちゃんがおみやげに持ってきてくれたのだ。ほうじ茶にしようか煎茶にしようかまよったすえ、煎茶にした。ゆっくりと淹れている間に、和子先生がお茶を淹れてくれた時のことを、あたしは思い出した。

「アン子」

あたしのもの想《おも》いを察したように、修三ちゃんが呼んだ。

「アン子、立派だった。大人になったよ、ほんとに」

胸がきゅっとした。泣きたくは、ならなかった。泣く時よりも、もっと、痛い感じだった。

道明寺を、もう一つずつあたしたちは食べた。お茶も、もう一杯ずつ淹れた。あたしはもう、和子先生の淹れかたを思い出さなかった。

はまぐりずしの作りかた、教えてよね。修三ちゃんが言っている。元手がかかってるから、講師代は高いよー。あたしは答える。何よ、アン子のくせになまいき。修三ちゃんが言い返す。

窓の外にたくさんすずめが来ている。好きだったよ、中林さん。さよなら。今度こそ、ほんとにさよなら。

何に驚いたのか、すずめがいっせいに飛び立った。羽音が、春の空の下いっぱいに、響きわたった。

やっとこ

その公園のぐるりには、梅の木と桜の木と花水木《はなみずき》が植えられている。二月に梅が咲き、三月から四月にかけては桜、そして今は花水木がいっせいに咲き満ちている。

あたしと亮介《りょうすけ》は、時間があくと公園にやってくる。

花水木は、白とピンクの木が交互に植えてある。ときどき花の咲かない木がある。なんとか病にかかった木なのだと、前に倉橋さんに教えてもらった。

倉橋さんは、ゴミ拾いをしに来るのだ。

いつも東京都指定の半透明のゴミの袋を左手に持ち、右手にはさび色の大きなペンチを持っている。

ゴミを見つけると倉橋さんはペンチで器用にはさみ、ゴミ袋にぽいと入れる。

「やっとこだよ、これ」

じっと見ていると、倉橋さんは言った。

「やっとこ？」

聞いたことのない言葉だった。

「これこれ」

言いながら、倉橋さんは右手のペンチを差し上げた。

そのペンチのことですか。あたしが聞き返すと、倉橋さんは大きな声で、

「ええ？　なに？　ポンチ？」

と言い、首をかしげた。

倉橋さんは、ちょっと耳が遠いのだ。

倉橋さんには、最初お説教をされた。

その日あたしは、亮介と言い合いをしたところだった。原因は、おたまのことだった。

「おたまを、お鍋《なべ》に入れっぱなしにしないで」

朝のキャベツスープをつくっていた亮介に、あたしは言ったのだ。おたまを使う時

には、お鍋の隣に小皿を出して、おたまの頭の部分をのせておくこと。実家にいるころ、あたしは母親から教わった。

亮介は、いつだってお鍋におたまを入れたままにしておく。

ほんとうは亮介のやり方だってべつにかまわないのだ、ということは、あたしも知っている。でも、だめなのだ。あたしは心が狭いのだ。

せっかくの土曜日の朝、売り言葉に買い言葉で、喧嘩《けんか》はどんどんエスカレートしてゆき、あたしは腹をたててマンションを飛び出したのだった。

いつだって、飛び出すのはあたしで、追いかけてくるのは亮介だ。公園まで、あたしは走った。しばらく待つと、亮介がやってきた。あたしが座っているベンチに、亮介はゆっくりと腰をおろした。

「なによ」

あたしは冷たい声で言った。

「怒るなよ」

亮介は柔らかな声で答えた。あたしよりもずっと大人なのだ。だから追いかけてきてくれる。そして、安易に部屋を飛び出したりもしない。

「いやだ、怒る」

さっきよりももっと冷たい声で、あたしは答えた。

いちど腹をたてると、あたしはなかなか腹だちをおさめられない。それが原因で、いつもあたしは歴代の恋人たちからふられてきた。

倉橋さんにお説教をされたのは、そのすぐ後だった。


「女」

倉橋さんは言ったのだった。

最初は、あたしに向かって呼びかけているのだとは、わからなかった。

「女、って、おれは言うよ。女性、なんて言わない」

倉橋さんは続けた。そのあたりにはあたしと亮介しかいなかった。

(何このおっさん)

あたしは倉橋さんの顔をまじまじと見た。眉《まゆ》がうすい。目はほそい。よく日に焼けている。着ているジャージは、清潔でぴしりとしていた。怒ると怖そうだけれど、威圧感はなかった。

「女は男をいたぶるな」

倉橋さんはおごそかに言った。

あたしに向かって言っているのは、あきらかだった。まわりに誰もいないし、あたしは亮介に対してあからさまにつんけんしていたから。

「余計なお世話です」

あたしは言い返した。亮介がひるむのがわかった。

倉橋さんは、じいっとあたしを見つめた。それから次に、亮介を。ほそかった目が、まるくみひらかれる。あんがい黒目がちの、かわいい目である。

「男は弱いんだ。世間さまにいたぶられ、六十五歳で年金分割をせまられ、成長した娘息子にもばかにされる。そのうえ女にまでいたぶられたら、死ぬしかないだろ」

倉橋さんはせかせかと言った。少しなまりのある喋《しゃべ》りかたである。言いおわると、倉橋さんはゆっくりとかがみ、ベンチの下に落ちていた煙草《たばこ》の吸殻を拾ってゴミ袋に入れた。

じきに去っていった倉橋さんのうしろ姿を、あたしはぽかんと眺めていた。

隣に座っている亮介が、ため息をついた。振り返って亮介を見ると、くつしたを片方しかはいていなかった。

「くつした」

言うと、亮介は頷《うなず》いた。

「あわてて、おいかけるんで」

急に亮介に対してものすごく申し訳ない気持ちになった。

「ごめん」

あたしは謝った。ごめんね、すぐに怒ってごめん。

亮介は驚いた顔であたしを見返した。そんなに素直に謝るあたしを見たのは、きっと初めてのことだったろう。あたしも、こんなにすぐに謝ったのは初めてのことだった。

倉橋さんとは、以後ちょいちょい話をするようになった。

倉橋さんは、ケーキ職人だ。

隣町で「パティスリー倉橋」という店を開いている。

「おれはパーとかリーとかいうもんは嫌なんだけど女房がそういうのが好きで」

倉橋さんはぼやく。以前は「倉橋ケーキ店」という名だったそうだ。

ゴミを拾いはじめたのは、十五年前からだという。

「ずっと住んでる町だからな」

倉橋さんは言い、腰をかがめる。小枝をゴミ袋に入れる。

倉橋さんは、犬を飼いたいのだ。

「でも女房が許してくれない」

食べものを扱うお店だからじゃないですか。亮介が遠慮がちに言うと、倉橋さんは頷いた。

「それもある」

女房はいつも正しいんだ。倉橋さんは言い、口をとがらせた。どうしてああも正しいんだ、女房ってやつは。

「おまえたちは結婚してるのか」

倉橋さんがいつか聞いたので、あたしたちは一緒に首を横にふった。

「結婚しろ」

倉橋さんは言った。

「どうしてですか、倉橋さん、いつも奥さんの悪口ばっかり言ってるじゃないですか」

あたしが言い返すと、倉橋さんは目をみひらきながら、

「それとこれとは別だ」

と答えた。

ほかのひとに言われたらものすごく腹がたつだろうけれど、倉橋さんからなら、「女」とか「おまえ」とか呼ばれても、あたしはぜんぜん気にならない。

「それはおまえがおれに全く気がないからだ」

倉橋さんは言う。ほんとうに、その通りだ。

倉橋さんのことは眼中にないけれど、あたしはいったいに、浮気性だ。腹だちをおさえられない性質と、浮気な性質のせいで、あたしはいつも恋人たちにふられっぱなしだ。

亮介とは、一年続いている。

(でもきっとまた駄目になるんだろうな)

最初からあたしは、あきらめている。

亮介は今までつきあった男たちの中では、いちばん気が長い。それだけに、あたしは亮介にふられるのが不安でしょうがないのだ。

これだけ気の長い男でも、駄目なのか。

そう思い知ることが、怖いのだ。

「倉橋さんは、離婚しようと思ったことはないの」

あたしは聞いてみた。

「ない」

「どうして」

あたしは食い下がった。

「奥さん、怖いのに」

「男は黙って我慢するイキモノなのだ」

倉橋さんは言い、目をみひらいた。せかせかと地面のゴミを拾い上げた。

「今日は男がいねえな。ふられたのか」

倉橋さんが憎らしいことを言った。あたしは無視した。亮介とつきあい始めてから、あたしは一回も浮気をしていない。亮介のことを、あたしはたぶん、本当に好きなのだ。

亮介は、このごろ仕事が忙しい。一緒に公園に来ることも少なくなっている。ちょっとだけ、寒けがした。もうすぐ生理が始まるのだろう。生理のころになると、あたしはつい浮気をしてしまう。まるで動物だ。あたしはぶるっと体をふるわせた。

それからほどなく、あたしは浮気をしてしまった。

亮介とすれちがってばかりなのがよくなかったのだ。生理前のうえに、さみしいのが加わると、あたしはますます浮気をしたくなってしまう。

相手は名前もよく知らない男だった。あたしはものすごく後悔した。亮介には絶対にばれないようにしなければと思った。

すぐに、ばれた。

亮介はあたしの携帯をチェックしていたのだ。

「なんで勝手に携帯を見るの」

亮介の方が最初に怒鳴るべきことだのに、反対にあたしの方が亮介を怒鳴りつけた。

「好きだからだよ」

亮介は開き直った。

亮介は、泣いた。どうしておれじゃない男と。おれは奏《かなで》じゃない女には目もくれなかったのに。

あたしも泣いた。どうしてあたしをほっといたのよ。

あたしたちはたくさん泣いて、たくさんののしりあって、それから、亮介は部屋を出ていった。

あたしではなく、亮介の方から出ていくのは、初めてのことだった。あたしと違って、亮介はものすごく静かに、出ていった。

ベンチに座っていると、倉橋さんがやってきた。

「ふられた」

あたしは開口一番、言った。

「そうか、ふられたか」

倉橋さんは目をみひらいた。

「でもどうして」

倉橋さんは聞いた。

「あたしが浮気した」

倉橋さんはかがんでゴミを拾った。ゴミ袋の口を開き、ぽとんと落としこんだ。

「よくやったなあ」

「べつにそんながんばってやったわけじゃないから」

そう答えると、倉橋さんは首を横にふった。

「そうじゃなくて、おまえの男が、よく思いきっておまえをふった」

純粋に、感心しているようだった。腹がたったけれど、いかにも倉橋さんらしい反応だと思った。

亮介が出ていってから、三日がたっていた。あたしはほとんどものを食べていなかった。肌は乾燥して、顔は泣きすぎでむくんでいた。

しばらく、倉橋さんは公園じゅうのゴミを拾ってまわった。最後にまた、あたしのところに戻ってきた。

「ま、気を落とすな」

倉橋さんはにやにやしていた。ものすごく腹がたった。でもあたしには、倉橋さんを怒鳴りつける元気がなかった。

むっつりしたあたしを残して、倉橋さんは鼻唄《はなうた》をうたいながら、去っていった。

会えば腹がたつのに、あたしはあれからしょっちゅう公園に行っては倉橋さんと喋っている。

へんなぐさめを言わないのが、かえっていいのかもしれない。

「女」

と、あいかわらず倉橋さんは言う。奏、というあたしの名前は教えたのに。

「亮介、帰ってくるかもよ」

あたしはだいぶ回復した。一時減った体重は元に戻った。失恋の歌を毎晩聞くこともやめた。この前なんて、亮介に電話してみたのだ。

「亮介、あたしに未練たらたらみたいだった」

倉橋さんに自慢してやった。実際、亮介は、また食事でもしない、と言っていたのだ。

「そううまく行くか」

倉橋さんは決めつけた。

「うん」

あたしは素直に頷いた。倉橋さんはびっくりした。

「今日はかわいいじゃないか、女」

倉橋さんにかわいく見られてもぜんぜん嬉《うれ》しくないので、無視した。

倉橋さんのケーキを、この前あたしは食べてみた。予想していたよりもおいしかった。

亮介と復活したら、倉橋さんの店に二人で行ってみよう。でもきっと、復活は無理だろう。今度男を好きになったら、絶対に浮気はしないようにしよう。絶対に、絶対に。

「また亮介と元に戻れるかな」

ときどき、あたしは倉橋さんに聞いてみる。

「男は弱いからな」

倉橋さんは目をみひらく。やっとこを何回か、かちかち鳴らし、目をしばたたく。

「女、早く結婚しろ」

倉橋さんは唐突に言った。

「相手がいないよ」

「すぐに出てくる。男はマヌケだから」

倉橋さんはまた、やっとこを鳴らした。

それから、

「犬、飼いてえ」

と、地面に向かってつぶやいた。

ゴーヤの育てかた

原田誠子《せいこ》を見ていると、なぜだかいらいらする。

それで、意地悪をしてしまう。

原田誠子は、あたしよりも二年先輩の同僚だ。入社からずっと同じ総務課で、机も真向かい、仕事の上でも何かと行動を共にすることが多い。

原田誠子は、ていねいな仕事をする。その真面目《まじめ》な仕事ぶりを、課長などはおおいに買っているらしい。それで、大事な仕事は必ず原田誠子に頼む。

あたしの方が仕事は早いのに、

「原田くんの仕事には間違いがないから」

と課長は言い、あたしではなく原田誠子を重用《ちょうよう》するのである。

あたしがいらいらするのは、けれど、課長が原田誠子を気に入っているからではない。

　仕事があたしよりできるのは、いいのだ。あたしが腹立たしいのは、原田誠子が、意味もなくおどおどしているところだ。

　この前だって、そうだった。

「ベランダでゴーヤを育ててるんだ、おれ」

昼休み、お弁当を食べながら、大野くんが言ったのだ。

以前は昼休みには課のほとんど全員が外に食べに行っていたのだけれど、このごろはお弁当派がふえている。ボーナスもどんどん減るし、昇給もほとんどないしで、あたしも去年から「ときどきお弁当派」になっている。

　部屋の隅にある会議用テーブルで、あたしたちはお弁当を食べる。女子だけでなく、男子も二人、交じっている。大野くんはそのうちの一人だ。

「ゴーヤって、育つのが早いんでしょ」

　あたしは打てば響くという感じに答えた。あたしは場を盛り上げるのがうまい。自分で言うのもなんだけど。

「そうそう、なんかやたらゴーヤが可愛《かわい》くなっちゃってさ、おれ。ゴーヤン、とか、名前までつけちゃった」

ゴーヤなど育てたことはなかったけれど、あたしは大野くんの話に要領よく相槌《あいづち》をうっていった。気を良くした大野くんは喋《しゃべ》りつづけ、そのうちに話題は、ゴーヤでつくるおかずや、沖縄の話にまで広がっていった。

原田誠子の趣味が、ベランダ園芸だということを、あたしはよく知っている。あたしは、原田誠子の方を、ときおり窺《うかが》った。いつゴーヤの話題に参加するかと、待ち構えていたのだ。

けれど、原田誠子はずっと口をつぐんでいた。何回か、小さく口を開きかけ、何かを言いたそうにするのだけれど、結局ひとことも、原田誠子はゴーヤ栽培についてはは言葉を発しなかった。

（言いたいことがあるんなら、言えよ）

あたしはまた、いらいらした。

昼ごはんが終わると、原田誠子はいちばん最初に仕事に戻った。残業にならないよう、昼休みがまだ残っているうちから働き始めるつもりだろう。

「ほんとに真面目だね」

あたしは原田誠子のうしろを通りしな、ささやきかける。「真面目」という言葉を、原田誠子があんまり好まない、ということに、あたしは気づいている。原田誠子の頬が、一瞬、赤らむ。あたしは鼻唄《はなうた》をうたいながら、廊下へ出た。

（でも、これじゃあまるであたし、ＯＬドラマの敵役《かたきやく》だな）

女子トイレへの通路をたどりながら、あたしはちょっとだけ、しゅんとする。そして、ますます原田誠子のことが、嫌いになるのである。


以前は、あたしは原田誠子のことなんか、ほとんど意識していなかった。こんなにも原田誠子のことを嫌うようになったのは、あのことがあってからだ。喜多方《きたかた》さんのこと。

喜多方さんは、原田誠子のことが好きだったのだ。でも、原田誠子の方は、喜多方さんにはぜんぜん興味がなかった。

あれは五年くらい前のことだったろうか。喜多方さんは、原田誠子に「アタック」しはじめたのだ。何回も、喜多方さんは原田誠子を食事に誘った。こっそりではなく、みんなの前で堂々と誘うのが、喜多方さんのやりかただった。その方が原田誠子の負担にならないと、喜多方さんは思っていたにちがいない。

そりゃあ、あたしのようなたちの女だったら、その方がいい。誘いを受けるにしろ、断るにしろ、へんな重みがなくて、双方とも傷が少なくてすむというものだ。

でも原田誠子では、そのやりかたは、だめだ。

あんのじょう、原田誠子はものすごく困惑した。

「あ、あの、ご、ごめんなさい」

そんな言いかたしか、原田誠子にはできないのだった。

謝るのが、いちばん喜多方さんにとって、きついのに。今日はつごう悪いの、とか、気乗りしないなあ、とか、また今度ね、とか、いくらだってさっぱりした断りかたというものがあるだろうに。

喜多方さんは、それでもめげずに、半年くらいの間、何かと理由をつけては原田誠子に声をかけ続けた。そして、原田誠子は、すべての誘いを断りつづけた。

「ほ……ほんとうに、ごめん……な……さい」

そんな言いようでもって。

あれ以来、喜多方さんは会社の女子とは、距離を置くようになってしまった。お花見にも来ないし、飲み会にも来ない。たまに来ても、男子や課長や部長とばかり喋っている。

喜多方さんは、去年結婚した。部長の紹介でお見合いをしたのだ。お祝いの集金は、原田誠子に頼んだ。ささやかなあたしの意地悪だった。

原田誠子は、何も言わずに役目を引き受けた。祝儀袋《しゅうぎ》に、原田誠子はお金だけでなく、花の種をそえた。

「うちのベランダでとれた朝顔の種です。きれいな空色なんですよ。奥様と一緒に育てて下さいね」

原田誠子は無邪気に言い、喜多方さんに渡した。ほんとうにいやな女。あたしはむかむかした。喜多方さんは、何でもない様子で、祝儀袋と花の種を受け取っていた。

原田誠子は、もてる。

そして、自分ではそれを知らない。

原田誠子がもてるのは、「かわいい」からだ。三十二歳になっても、まだ「かわいい」女。

男は、けっこう敏感だから、世間が言うほどは、「かわいいふり」をしている女には引っかからない。部長あたりの世代ならばともかく、今の男子は女子のことをよく観察しているのだ。

原田誠子が「かわいい」のは、ほんとうに可愛いからだ。性格が可愛い。顔も可愛い。服装はそんなに可愛くない、そこが可愛い。そして何より、清潔な感じがするのだ。

そんなに「かわいい」し、もてもするのに、原田誠子はおどおどしている。せっかく誰かがデートに誘っても、すべて断ってしまうし、女子とのつきあいだって悪い。お酒も飲まないいし、かといってとりたてて打ちこんでいることがあるというふうでもない。

ただ一つ、ベランダ園芸だけが、原田誠子の「打ちこんでいること」なのだ。

一回だけ、あたしは原田誠子の部屋に行ったことがある。招かれたのではない。課長に頼まれて訪ねたのである。

原田誠子は、インフルエンザにかかったのだ。前の晩に、彼女が家に仕事を持ちかえった、その書類がどうしてもその日の午後に必要だった。

(残業しないで、かわりに家で仕事するって、どうなのよ)

あたしは思いながら、原田誠子の部屋のピンポンを鳴らした。原田誠子はすぐに出てきた。髪を三つ編みにし、暖かそうなネルのパジャマに、青いカーディガンをはおっていた。熱でほてった頰が、白い肌をいっそう白くきわだたせていた。

(赤毛のアンみたいな女だな)

赤毛のアンが実際にどんな容姿だったのかは知らないのだけれど、とにかくあの話は、あたしは昔から苦手なのだ。

原田誠子はくどくどと謝った。あたしは如才《じょさい》なく、

「そんな、心配しないで、よく眠って早くよくなって」

と答えておいた。課長が買うようにとことづけたヨーグルトとポカリスエットとレトルトのおかゆの入ったコンビニの袋を、あたしは原田誠子に渡した。かわりに、書類を受け取った。

原田誠子はぺこぺこ腰を折って礼を言った。かがめた背中越しに、小さなベランダが見えた。想像していたほどには、緑は繁《しげ》っていなかった。ひいらぎみたいな木と、あとは、ぽそぽそした葉の鉢《はち》が幾つか、あるだけだった。あたしはなんとなく、またいらいらした。

じゃ、と、そっけなく言って、あたしはそそくさと原田誠子の部屋を後にした。

「そんなにその女が気になるのって、もしかして辻《つじ》、その女が好きなんじゃないの」

南野《みなみの》が言うので、あたしはまたいらいらした。

「好きなわけないし」

南野は、大学時代の友だちだ。すぐ近くの会社に勤めているので、会社帰りに待ち

合わせてお酒を飲んだりする。

「辻はさあ、気にしすぎ」

南野は言い、煙草《たばこ》に火をつけた。禁煙に成功したと言ってはまた吸ってしまう、という繰り返しを、何回南野はしてきたことだろう。

「もう禁煙、しないの」

あたしは聞いてみた。

「こう嫌煙ブームじゃあね、その気も失《う》せる」

南野はゆったりとけむりを吐きだした。

「ねえ、今、日本でいちばん、人間が堂々と煙草を吸ってる場所は、どこだと思う」

南野は聞いた。しばらく考えてみたけれど、わからなかった。

「舞台」

というのが、南野の答えだった。南野は、演劇好きだ。週に二回はどこかの舞台を見に行く。そのためにわたし、働いてるんだ。いつも南野は言う。

「舞台でさ、場面転換したり、閑話休題、みたいな感じにしたい時に、俳優は煙草を吸うんだな。こう、すぱーっと、世界中の誰にも、遠慮会釈《えしやく》なく」

ふうん。あたしは素直に頷《うなず》く。南野と話をしたり、会社の他の女子と話をしている時には、あたしは全然いらいらしない。適当に流したり、言い返したり、茶化したり、いくらでもできるし、相手だってそれを受け止めてくれる。

「結局辻はさ、その赤毛のアンちゃんに、もっと自分をさらけ出して辻に近づいてきてほしかったりするんじゃない？」

南野はまた、はーっと煙を吐きだしながら、賢《さか》しげに言った。

まさか。あたしは笑った。南野も笑って、原田誠子の話はそれっきりになった。

(あたし、原田誠子のことが、好き、っていうか、もっとあたしの方を見てほしい、とか思ってるのかな)

翌日、原田誠子のつむじをちらちら見ながら、あたしは考えていた。原田誠子は机につっぷすようにして仕事をする。向かい側の机に座っているあたしからは、つむじがよく見える。原田誠子は、つむじまでが、清潔だ。

(あたしが男なら、好きになるかなあ)

もしかしたら、好きになってしまうかもしれないと、思った。こんなに反発するっていうことは、やっぱり。

(南野の言葉にまどわされてるよ、あたし)

忙しい日だった。原田誠子のことはそのうち忘れて、働きに働いて、気がつくと退社時刻になっていた。

顔を上げると、原田誠子が放心していた。白い顔が青ざめて、なんだかおびえた子供みたいに見える。

「疲れたね」

あたしは声をかけた。

「疲れた」

原田誠子は答えた。珍しく、ふつうの女子、みたいな口調だった。いつものあの、ていねいで清潔で可憐《かれん》な口調ではなく。

「原田さんでも疲れるんだ」

「何ですか、それ」

「原田さんて、絶対に投げやりにならないじゃない」

少しだけ悪意をこめて、あたしは言った。原田誠子は、顔を上げた。

「そんなことありません」

原田誠子の頬が、赤くそまった。かすかに、眉《まゆ》をひそめている。知らない間に、原田誠子の嫌がることをあたしは言っていたのだろうか。

ますますあたしは、意地悪な気持ちになった。

「いつも真面目《まじめ》で、人望があって、男子にだって好かれて」

原田誠子が、突然立ち上がった。握ったこぶしが、ふるえている。口を開け、何か言いかける。やっぱりあたしの言葉の何かが、原田誠子を刺激したのだ。

（はじめて、原田誠子の本音を聞けるかも）

あたしは原田誠子の言葉を待った。

原田誠子はしばらく突っ立っていた。あたしたちは、にらみあった。

あたしがずっと原田誠子を嫌っていることを、原田誠子はほんとうは知っている。

今、そのことが、あたしにはわかった。はっきりと、わかった。原田誠子の体ぜんたいから漂ってくる気配によって。

（来るなら、来い）

勇んだ気持ちで、あたしは待った。

原田誠子は、なかなか言葉を口にしなかった。

最後まで、原田誠子が何も言わないのではないかとあたしが諦《あきら》めたその瞬間、

「辻さんなんかにわかるはずがない、男の人とちゃんと向きあうことのできる辻さんなんかには」

ものすごく小さな声で原田誠子は言い、かばんの持ち手をぎゅっとつかんで、部屋から出ていった。

あたしはあれからずっと、原田誠子の言葉の意味を考えている。考えても、よくわからない。原田誠子は男とつきあったことがない、という意味なのだろうか。でも、それがどうしたというのだろう。

「辻にはわかんないのよ、女の子の気持ち、ってものが」

南野は笑う。

「なんなの、その、オンナノコノキモチ、って」

「赤毛のアン的世界の女子の気持ち、ってこと」

わかりたくないよ、そんなもの。あたしは言い、南野にもらい煙草をする。

原田誠子とは、あれ以来、別に仲良くも悪くもなっていない。いらいらするのは、あいかわらずだ。

「辻には、一生わからんね。結婚して、女の子とか生まれたら、母娘《ははこ》の反目が起ること、必至だね」

南野は言う。

「娘は、あたしに似るよ。赤毛のアン女子は生まれん」

「とも限らないって」

そう言われてよく考えてみれば、原田誠子も真面目だが、あたしだって、これでけっこう真面目なのだ。とすれば、世が世なら、あたしも原田誠子のような女になっていたという可能性もあるのだ。

「世が世ならって、なにさそれ」

南野がまた笑う。

「ねえ、大学時代はさあ、会社に行って働くとか、考えてもいなかったよね」

あたしが言うと、南野は頷いた。

「いろんな女や男やおっさんやおばさんがいるところで、自分が働いてることが、まだ信じられん」

「信じられんね」

南野とあたしは口々に言い合う。お腹《なか》がすいてきたので、メニューを二人で眺める。今ごろ、原田誠子は何をしているんだろう。あの小さなベランダで、ヒイラギやぽそぽそした緑に水でもやりながら、まだつきあったことのないどこかの男のことを思っているんだろうか。それとも、男のことなんか何も思わず、赤毛のアン的女子として自己完結しているんだろうか。

ゴーヤと豚肉炒《いた》めがあったので、あたしはそれに決めた。ベランダ園芸は一生しない。内心で決意しながら、ゴーヤと豚肉炒めを注文するために、あたしは高く手をあげて、店の人を呼んだ。

少し曇った朝

ときどき、むしょうにおむすびを作りたくなる。

おむすびを作りたくなるのは、たいがい、日曜日の午後だ。

休日の遅い朝ごはんをすませ、寝坊したのにまた少しうとうとして、短い昼寝から覚めると、からだじゅうがものうくなっている。

（もうすぐお休みが終わっちゃう）

というものうさでもあるし、

（ぜんたいになんとなく、はればれしない）

というものうさでもある。

それで、おむすびを作る。

しゃけと、うめぼしと、おかかと、それにもう一つしゃけを。

四つむすんで、それぞれをホイルに包み、魔法瓶にはお茶をいれて、墓地にでかける。

墓地といっても、お寺に付属した墓地ではない。道ぞいの竹林の中、二基の墓石からなる、そうだ、これは墓地というよりも墓所といった方が、なんとなく似合う場所だ。

お墓は、とても古い。彫ってある名は摩耗《まもう》しかけている。たぶん「寺島」と彫ってあるのだろうけれど、「島」の文字は、「鳥」にもみえる。

墓所のまわりは、竹藪《たけやぶ》と、あとは一面の雑草だ。竹藪が尽きるあたりからは水が湧《わ》きだしていて、小さな流れができている。流れに沿って、今の季節ならばミソハギが紫色の小さな花を咲かせ、流れにはこまかなヒシが浮いている。

窯《かま》から煙がのぼっている。潮入《しおいり》さんは今日は忙しいのかもしれない。音をなるべくたてないよう静かに近づいていったけれど、足が草を踏む音に、潮入さんは耳ざとく顔を上げた。薪《まき》を割っているところだった。

「おお」

潮入さんは手をあげた。髭《ひげ》がのびている。昨晩は徹夜で作業をしていたのかもしれない。

潮入さんとは、一年前から口をきくようになった。墓所の横手にある小屋に住んでいる潮入さんは、陶芸家だ。

「陶芸家とかいう呼びかたは、なんだかなぁ」

潮入さんは言うけれど、いつか雑誌に載っていた肩書は、「栃木県在住の陶芸家（三十六歳）・潮入益男《ますお》」となっていた。

「じゃあ、焼き物師とか？」

聞くと、潮入さんはお腹《なか》をつきだすようにして、

「それじゃあ、もっとあやしい。陶工、くらいでいいんじゃない？」

と言った。

潮入さんは、師匠を亡《な》くしたのだという。

「いろいろ複雑な伝統の代々のナニでさ、亡くなってからアレで、なんだか居づらくなるし、面倒なこともいろいろナニだし、それでここに窯つくって独立した」

知り合ってしばらくしてから、潮入さんは教えてくれた。

潮入さんは、複雑な説明ごとを、たいがい「アレ」「ナニ」「いろいろ」で済ませる。

複雑な説明ごとではないことも、全般に「アレ」「ナニ」で済ませる。

「今日のナニは、こぶ？　それともたらこ？」

わたしが作ってきたおむすびについても「ナニ」なのである。

「山城さんのうめぼし、店で買うアレでしょ。このごろの減塩のうめぼしって、どうもナニじゃない？　こんどおれの漬けたすっぱくて塩けたっぷりのうめぼし、分けてあげるから」

潮入さんはそんなふうに言いながら、わたしが渡した三つのおむすびを受け取る。ホイルを無造作にむき、三口ほどで一つのおむすびを食べてしまう。

「山城さんのおむすび、うまいよなあ」

しんそこおいしそうに、潮入さんは言う。それから、お腹をつきだすようにする。

「さて、また続き、やるか」

薪割りに戻った潮入さんを、わたしはしばらく眺めていた。こおろぎが鳴いている。だんだん夕方が近くなってくる。

（ものういな）

また、思う。でも、昼寝覚めのものうさとはちがう、ものうさだ。

潮入さんがぜんぜんわたしのことを意識してくれないので、わたしはものういのだ。

潮入さんは、結婚している。奥さんは東京の会社に勤めているそうだ。美術大学の先輩と後輩で（潮入さんが後輩）、なみいる恋敵《こいがたき》をおしのけて、潮入さんが奥さんを「得た」のだそうだ。

（女を「得た」なんていう言葉を使う男、わたしは苦手なはずなのになあ）

でもわたしはなぜだか、潮入さんが好きなのだ。

片思いは甘ざみしい。

「でも、へんな両思いよりはましだよね」

すみれちゃんは言う。

すみれちゃんは、小学校の頃からの親友だ。

潮入さんを見たい、というので、いつか連れていったら、

「けっこう、そそる男だね」

という感想を述べた。

すみれちゃんは、十七歳で結婚して立て続けに三人子供をうみ、上の子供はもう中学生になっている。

「アキちゃんも早く結婚しなよ」

ときどきすみれちゃんは言う。

「相手がいないし、わたし、結婚てうまくできそうにない」

そう言うと、すみれちゃんはしばらく首をかしげ、

「結婚なんて簡単だよー」

と言う。

すみれちゃんは、どうして結婚する気持ちになったの。わたしが聞くと、すみれちゃんはまた首をかしげる。

「一時《いっとき》も離れたくないっていう男がいたからな」

そんな男、わたしにはいないよ。一生出て来そうにないな。わたしが言うと、すみれちゃんはまた首をかしげ、

「でも一時も離れたくないっていう気持ちなんて、気の迷いだから。安心しなよ」

と言う。

なにそれ、と笑うと、すみれちゃんも笑う。すみれちゃんの声はしゃがれている。

今もすみれちゃんはもてる。実家のガソリンスタンドに来るお客さんから、いろんなものをもらう。花とか。野菜とか。煙草《たばこ》とか。

「いちばんすごかったのは、サボテンの寄せ植えだったな」

高さ一メートル以上もあるサボテンが数種類、大きな鉢《はち》に植えてあるものをプレゼントしたお客がいたのだそうだ。

すみれちゃんの旦那《だんな》は、ときどきすみれちゃんをなぐる。

「DVじゃない、それ」

わたしが息巻いても、すみれちゃんは落ち着きはらっている。

「いや、あたしの方がもっとなぐるから」

すみれちゃんが一つなぐられる間に、旦那は五つなぐられるのだそうだ。

そういう結婚は、いやだな。わたしは内心で思うけれど、すみれちゃんは我慢している、というふうでは全然なく、ただ淡々としている。

アキちゃんは、夢見る女なんだね。すみれちゃんは言う。

そうかもしれない。

わたしは、潮入さんが好きなのだ。そして、潮入さんと結婚できない、いやそれどころか、恋愛にもならない、今のこの状態が、さらに好きなのだ。

(避けてるんだね、いろんなアレを、わたしは)

潮入さんの口調を真似《まね》してみる。

潮入さんは、一ヵ月に一回、東京に行く。奥さんに、会いにゆくのである。

おむすびをにぎる時には、てのひらを水でたっぷりと濡《ぬ》らす。塩をとり、これもてのひらぜんたいにこすり広げるようにして、お茶碗《ちゃわん》三分の二膳《ぜん》ぶんほどのご飯を、きゅっとにぎりこむ。

三角のかどをとがらすのが、わたしのやりかただ。

すみれちゃんのおむすびは、まるっこい。一つ一つが小さくて、中には何もはいっておらず、かわりに胡麻《ごま》やゆかりやふりかけがまぶしてある。

「チビたちは口が小さいからさ」

すみれちゃんは言う。

すみれちゃんの子供たちが、わたしは好きだ。息子が一人に、娘が二人。動物の子供のようだった赤ん坊時代もよかったけれど、ちゃんと話ができるようになった今の方が、もっと可愛《かわい》く感じられる。

好きなものは、おむすびと、すみれちゃんの子供たちと、潮入さん。

ほかにもいくつか、好きなものはある。

少し曇った朝。

学校のチャイム。特にお昼休みが始まる時の。

バスの最後尾の座席。

きんつば。

水牛の群れをテレビの画面で見ること。

タイサンボクの花。

ほりごたつではないこたつ。

みんなわたしは、同じくらい好きなのだ。潮入さんも、きんつばも、ほりごたつでないこたつも。

「だめだねえ」

すみれちゃんは、言うけれど。


墓所は暗い。

昼間でも、暗ったい。

夜は、なおさら暗い。

珍しく今日は、潮入さんのところに夜、それも平日に、行こうとしているのだ。

勤め先で、いやなことがあった。わたしが勤めているのは、市の図書館だ。平穏な職場と思われるかもしれないけれど、人間関係は、案外アレだ。三十歳も過ぎたというのに、仕事のことで泣くなんて。情けなかったけれど、涙は止まらなかった。それで、おむすびをにぎりながら、わたしはおむすびをにぎった。

「あらら」

と、潮入さんは言った。少しだけ開いている扉を開いて、わたしは潮入さんの小屋に入っていったのだ。

はじめてだった。

いつもは必ずわたしたちは、墓所の横、潮入さんの窯の傍、青い空のもとでおむすびを食べる。日曜日の午後の遅い光に照らされて、わたしたちは平穏に喋《しゃべ》りあう。でも今日は違うのだ。

「散らかってますね」

わたしは言った。潮入さんは面倒くさそうに頷《うなず》いた。お酒を飲んでいるようだった。

「こんな夜にどうしたの」

潮入さんは聞いた。おむすび、持ってきた。答えると、潮入さんはつかつかと寄ってきて、手をさしだした。

潮入さんの部屋は、少しだけ、かびのにおいがした。

手の中のおむすびが、小さくみえた。

「それで、した？」

すみれちゃんは聞いた。

しない。

「なんだ」

なんだ、と言いながらも、べつにがっかりしたふうもなく、すみれちゃんは笑った。

好きなのになあ。夜行っても、何も起こらないんだなあ。

「ねえ、旦那のこと、今でも好き？」

すみれちゃんに聞いてみる。

「わかんない」

きっぱりと、すみれちゃんは答えた。

すみれちゃんは、くちぶえをふきはじめた。夜の潮入さんは、昼の潮入さんよりも、乱雑な感じがした。わたしのにぎったおむすびは、夜の潮入さんには似合わなかった。

「男ってさ、こっちの思うようにならないんだね」

わたしはつぶやいた。

あたりまえじゃーん、だからなぐりあうんだよ。従わせようとして。お互い。すみれちゃんはくちぶえをやめ、笑いながら言った。

わたしはなぐりたくない。

アキちゃんは、なぐらないで、かわりに口でやっつければいいよ。

そういう才覚もない。

そういえばそうだね。

言い合いながら、空を見た。

いわし雲が空いっぱいに広がっていた。

好きなものは、潮入さんと、タイサンボクの花と、水牛の群れ。

おむすびを、今日もわたしはにぎる。

日曜日のものうさは、必ずやってくる。

潮入さんは、きっとわたしの気持ちに気づいている。でも知らないふりをしている。

わたしも、同じ。わたしの気持ちなんて、わたしは知らない、というふりをしている。

今日のおむすびは、じゃこと、潮入さんにもらったうめぼしと、おかかと、それからもう一つ、うめぼしだ。

永遠に、こういうのが続けばいいのに。思いながら、きゅっきゅっとおむすびをにぎる。三角にとがらせて、にぎる。

くちぶえをふいて、わたしは墓所をめざす。

窯《かま》から煙がたっている。潮入さんが、好き。きらい。どっちでもない。やっぱりちょっと、好き。

竹藪《たけやぶ》が風にゆれ、ざあっと大きな音をたてた。

ブイヤベースとブーリード

　お別れ旅行のことは、恵一が思いついたのだ。

　別れることは、その前の月に決めた。大嫌いで別れるのではない。どちらかに新しい相手ができたわけでもない。恵一が故郷に帰って家業の酒屋をつぐことになり、どうしても東京を離れたくないあたしが折れることができずに、別れを決めたのである。

　大学四年の秋だった。行き先は、フランスにした。ほんとうは恵一はアイルランドに行きたかったのだ。でもあたしの行きたいところを優先してくれた。

　恵一は、優しい男なのである。

　海外旅行は二人とも生まれて初めてだったので、最初はツアー旅行にしようと思っていた。

「でもやっぱり、冒険したいなあ」

恵一は言った。

「冒険って」

あたしは笑った。

「冒険」という、フランス旅行にそぐわない表現が可笑《おか》しかっただけではない。南極探検やエベレスト登山をするのでもなし、たんに自分たちで切符の手配やホテルの準備をすることを「冒険」と呼ぶ恵一のことを、なんて慎重な男なんだろうと、ちょっとだけ笑いとばす感じもあったのだ。

恵一の優しさは好きだったけれど、その優柔不断さや石橋を叩《たた》いて渡る態度は、当時のあたしの目には少しばかり不甲斐《ふがい》なくうつっていた。

別れることになったのだって、表向きの「故郷に帰る」ことだけが理由だったのではない。恵一に対する物足りなさが、ひそかにあたしの中に積もっていった、ということが、根っこのところにはあったに違いないのだ。

「パリは一泊くらいでいいよね」

と恵一は言った。

「うそ」

あたしはびっくりして言い返した。

結局、パリ滞在は四日、そのあとはリヨン、アヴィニョン、マルセイユの順に一泊ずつという、七泊八日の計画になった。

「ニームや、あとせっかくそこまで行くのならイタリアにも寄ってみたいなあ。もう少しパリの日数を減らせないの」

恵一は遠慮深げに提案したけれど、あたしは首を縦にふらなかった。

ほんとうは七日間の全部を、パリでの買いものや街歩きに費やしたいくらいだった。あたしは街が好きなのだ。南仏の自然や、名作がさりげなく置いてある小さな美術館などには、ほとんど興味はなかった。

「まあ、ルーブルにもオルセーにもポンピドーにも行けるから、いいか」

恵一はつぶやいていた。ええっ、パリでもそんなにたくさんの美術館に行くの？と、内心であたしは不満に思ったけれど、恵一の譲歩《じょうほ》を思って、口にはしなかった。

「楽しもうね」

あたしは明るく言った。恵一は、急に悲しそうな顔になって、

「うん」

と小さく頷《うなず》いた。もともと恵一は、あたしと別れたくないのだ。知らん顔で、あたしはパンフレットに熱心に見入るふりをした。

パリは、さんざんだった。

頼りにしていた恵一の英語だったけれど、これがショッピングにはほとんど役に立たないのだった。

それではと、第二外国語で少しは勉強したはずのフランス語をあたしの方が試してみたが、こちらもぜんぜんだめだった。

パリの店員たちは、まことに正しい発音のまことに正しい並び順のフランス語でないと、言葉とみなしてくれないのだ。

結局、「メルシ」と「シルヴプレ」と指さし動作と大仰《おおぎょう》な笑い顔で、あたしはなんとか何枚かの服やバッグを手に入れることができたのだけれど、数軒のお店をまわってホテルに帰るだけで、ぐったりしてしまうのだった。

午後に恵一と一緒に行く約束をしていた美術館行きの半分以上を、あたしはパスしてしまった。しかたなく、恵一は一人で出かけていった。その間、あたしはぐっすりと昼寝をして、夜の食事にそなえるのだった。

パリの最後の晩に、あたしは恵一と小さな諍《いさか》いをした。

スープを食べる時に、恵一が音をたてたのだ。

「しいっ」

あたしは注意した。

恵一は聞こえないふりをして、もっと大きな音をたてた。

隣の席のフランス人カップルが、眉《まゆ》をひそめてこちらを見やっている。あたしは赤面した。

「音、たててるよ」

まわりの人たちに日本語がわからないのをさいわい、あたしは言葉に出して恵一に注意した。

恵一は頓着《とんちゃく》せず、今や大いにずるずるとスープをすすっていた。

一瞬、あたしは席を立とうとした。でも我慢した。恵一が珍しくつむじを曲げていることは、あたしにもわかっていた。自分の予定にばかりつきあわせて、恵一のことはかえりみない勝手な女。それがパリに来てからの、いや、二年間恵一とつきあっていた間の、あたしの姿だった。そのことは、わかっているのだ。

でも。

こうなったのには、あたしだけではなく、恵一の方にも責任がある。あたしが「こうしたい」ということを、恵一は尊重してくれる。それならば、恵一が「こうしたい」ということだって、もっと主張すればいいのに。

でも恵一はほとんど自分の望みを主張しない。

恵一のことを、あたしだってたまには優先したいのだ。でも、そのとっかかりがない。あたしばかりが猛々《たけだけ》しい自己中心の女のようになっていってしまうこの関係が、ずっと歯がゆかった。あたしはもともと、そんなに身勝手な女ではないはずなのに。

パリを離れてからは、雰囲気が少し変わった。

リヨンはきれいな街だった。もう買いものはしないことにして、二人で並んでただ街を歩いた。小さな公園では、おじいさんたちが何人も、砲丸ほどの大きさの玉をころがしてゲームをしていた。

「ペタンクだ」

恵一が教えてくれた。

おじいさんたちは、玉を器用にころがした。戦いは伯仲《はくちゅう》しているようだった。おじいさんたちの吸うジタンはいい匂《にお》いだった。フランス語の響きが、心地よかった。

「なんだか楽しいね」

ベンチに座って恵一の肩に寄りかかりながら、あたしは言った。

「はじめて楽しいって言った」

恵一は笑った。

そういえば、つきあっていた二年の間も、あたしはいつもなんだかぎすぎすしていた。こんなふうにぼんやりと二人で景色を見て楽しんだことなんて、数えるほどしかなかった。

恵一は、のびのびしてみえた。東京にいる時よりも、大学のキャンパスで会っている時よりも。

(帰ったら別れちゃうんだな)

ぼんやりとあたしは思っていた。ペタンクは、勝負がついたようだった。

アヴィニョンは明るかった。ちゃんと「アヴィニョンの橋」もあった。誰もいない小さな美術館に行って、恵一と並んで絵を見た。見たことのある有名な絵が、無造作に飾ってあることにびっくりした。

「東京だと、すごい混雑になるのに」

あたしが言うと、恵一はほほえみながら、

「岡山にもいい美術館があるよ。東京みたいに混んでないよ」

と答えた。

岡山は、恵一の故郷だ。あたしは少しだけかちんときた。

「東京にもたくさんいい美術館はあるし、美術館以外のものだって、いろいろあるもん」

恵一はほほえんだまま、頷いた。かわいそうなやつ。あたしのことを、そう思っているかのような表情だった。東京は、そりゃあ面白いところだけれど、この光あふれる南仏の素晴らしさや日本の地方都市の豊饒《ほうじょう》さを味わうことのできない、子供っぽいやつ。そんなふうにあたしのことを思っているような、ほほえみだった。

「もう出る」

あたしはうつむき、そのまま出口の方へと走っていった。

「萄子《とうこ》はかわいいね」

アヴィニョンの夜に、恵一はあたしに腕枕《うでまくら》をしながら、言った。

「かわいくないよ」

あたしはつぶやいた。

「かわいい」

恵一は優しい声で繰り返した。

あたしはもうとっくに気がついていたのだ。あたしが思っているよりも、恵一はずっと大人なのだということに。恵一に追いつけないあたしに、恵一の方も見切りをつけたのだ、ということに。

東京にいる時には、考えないようにしていた。旅の最初の頃にも、その考えをおさえこんでいた。でもフランス旅行に来てから、思い知ってしまったのだ。

「菊子は自分の道をちゃんと行くんだろうね」

天井を、恵一は見上げている。

「行けるかなあ」

あたしも天井を眺めた。横木が年季の入った飴色《あめいろ》になっている。家族でやっているらしいこの宿では、小学生くらいの男の子が部屋までトランクを運んでくれた。

「大丈夫。菊子はいい子だから」

少しだけ、泣きたくなった。恵一とどうして別れようと自分が決めたのか、よくわからなくなった。でも、別れるのをやめたら、東京に戻ってしまったら、以前と同じように、ふたたび恵一に飽き足りなくなってしまうかもしれない。それがあたしは恐かった。

「恵一も、いい男だよ」

あたしは言い、恵一の胸に顔をうずめた。心臓の鼓動が聞こえた。大きな夜行性の動物が、夜の中を歩きまわっている足音のような、落ちついた鼓動だった。

マルセイユは風が強かった。港は魚くさくて、働いている男たちはよく日に焼けていた。夕飯はふんぱつして、ブイヤベースを食べさせるお店の中でもいちばん格式の高そうなところを予約した。

ブイヤベースと、あとはブーリードというものを、あたしたちは注文した。ガイドブックに「ぜひ試してみて下さい」と書いてあったからだ。どちらもものすごく量が多かった。せっせと食べても、ちっとも減ってゆかない。お腹《なか》いっぱいでまっすぐに座っていられない感じになり、それでも最後の夜だからというのでデザートを無理矢理食べ、今にもぱんと破裂しそうになりながら、店を後にした。

港へ、恵一とあたしは歩いていった。早足で歩くと苦しいので、ゆっくりゆっくり、あたしたちは進んだ。海ぎわのベンチに、あたしたちは座った。ものも言わずに、足を投げ出すようにして、ベンチの背にもたれかかった。

しばらくすると、隣のベンチに座っていた粗末な身なりのおじいさんが、話しかけてきた。まったく言葉は聞き取れなかった。あたしは投げやりに、パルドン、と問い返した。おじいさんは、ラル、とか、ブブ、とか、ペシ、とかいうふうにしかあたしたちには聞こえないフランス語を、ぺらぺらと繰り返した。もう一度あたしはパルドンと言った。

「えっ」

恵一が、おじいさんに反応した。おじいさんがたどたどしい英語で喋《しゃべ》りはじめたのである。

「サ、サンキュー、バット、ノーサンキュー」

恵一は妙な答えかたをしてから、おじいさんに頭を下げた。おじいさんはにこにこしながら、立ち去った。恵一はしばらく茫然《ぼうぜん》としていたけれど、やがて大声で笑いはじめた。

「おじいさん、何て言っていたの」

あたしが聞いても、しばらく恵一は笑いつづけていた。

ようやく笑いやめてからも、ときおり間歇泉《かんけつせん》のように、くすくすと思い出し笑いをしている。

「ぼくたち、食い詰め者に見えたらしい」

「くいつめもの」

「港湾労働のいい仕事があるから、世話してあげてもいいって」

は？　とあたしは聞き返した。格式の高いお店に行くというので、あたしはせいいっぱいお洒落《しやれ》をしてきたのだ。恵一だって、ちゃんと上着を着て革靴をはいている。

「でも、ものすごく生活に疲れている感じがしたみたいだよ」

どうやら先ほどの粗末な身なりのおじいさんは、あたしたちが長年連れ添った夫婦者で、遠い東洋の国からここフランスにやって来たはいいけれど、働く当てもなく絶望してベンチにもたれかかっているのだと、勘違いしたようなのだった。

「こんなに若いあたしたちが、どうして長年連れ添った疲れきった夫婦なのっ」

あたしは叫んだ。

恵一は肩をすくめ、それから、鏡はないかと聞いた。

バッグをさぐって手鏡を出し、あたしは恵一に渡した。恵一はあたしに顔を寄せ、手鏡に二人並んだ顔をうつした。

ものすごくおっかない顔のあたしがいた。

ものすごく気弱そうな顔の恵一がいた。

あたしたちは黙りこんだ。恵一の気弱そうな表情は見慣れていたけれど、自分がこんな顔つきをしているとは、思ってもみなかった。

「なんだかかわいくないカップルだね、あたしたち」

しばらくしてから、あたしはつぶやいた。

恵一は無言でいたけれど、やがて、

「かわいい。萄子はかわいい」

と答えた。


もう一度やり直したいと言いだしたのは、どちらからだったろう。マルセイユの港のベンチで、あたしたちは海を見ながら肩を並べ、少しだけ泣いてから、しまいには固くだきあった。

あたしと恵一は、今年銀婚式を迎える。結婚記念日には、岡山の南仏料理のレストランに行ってブイヤベースを食べる予定だ。ブーリードは、注文しない。そんなに食べて、万一また、見知らぬおじいさんに働き口を紹介されてしまっては、困るから。

てっせん、クレマチス

朝、起きたら、なんだか顔がごわごわしていた。

ゆうべ、たくさん、泣いたせいだ。

失恋したのは、正確には三日前の水曜だったけれど、ずっと我慢していた。金曜の夜になったら、たくさん泣こうと思っていた。それで、思うさま、泣いた。わーわー、泣いた。

盛大に泣いて、一晩眠ればもう悲しくなくなると思っていたけれど、ちがった。ごわごわした顔を洗面所の鏡にうつしにいったら、思ったほど眼は腫《は》れていなかった。でも顔ぜんたいがもったりしていて、へんなかおー、と声に出して言ったら、またちょっと悲しくなった。

土曜日は、いつも直江《なおえ》くんと遊びにいっていた。映画を見たり、街をゆっくり歩いたり、たまに電車に乗って海まで遠出することもあった。夕飯を食べたあとは、わたしの部屋に二人で帰った。直江くんは自宅ずまいだったから。

土曜の午前中は、直江くんのお泊まりにそなえて、掃除をするのが習慣になっていた。シーツをかえて、お風呂場《ふろば》とお手洗いをきれいにし、床にぞうきんをかけ、台所のシンクもきちんとみがいた。直江くんは、今日からはもう来ない。掃除をするのはよそうかと思ったけれど、失恋ごときで習慣を変えるのがいまいましかったので、勢いをつけてベッドのシーツをはがした。

ちゃんとシンクみがきまで終え、部屋を見回したら、掃除をはじめる前よりも部屋が狭くなったように感じられた。散らかっていた服や雑誌やCDがしまいこまれ、ほんの少しだけほこりっぽかった床がなめらかに光り、まがっていた置時計や写真たてがまっすぐになおされ、それならば部屋はひろびろしそうなものなのに。

ふー、と息をはいた。気を取りなおして、直江くんの持ち物を捨てることにした。歯ぶらしに、パンツとTシャツが一枚ずつ。それしか、直江くんのものはなかった。そういえば、直江くんは荷物の少ない人だった。会社帰りに待ち合わせても、だいたい手ぶらだった。パジャマ買おうよ、と言っても、おれ、冬もTシャツとパンツいっちょうだから。そう言って笑っていた。

歯ぶらしはずいぶん使い古されていた。毛に癖がついて、横わけの頭みたいになっていた。新しいのを買ってあげようと思いつつ、買いそびれていた。買わなくて得した。そう思ったとたんに、また悲しくなった。

部屋でいちいち悲しい気持ちになるのも癪《しゃく》なので、お昼は外で食べることにした。いい天気だった。一緒に行った海の光りかたなんかを思いだして、また悲しくなりそうなのをぐっとこらえ、おおまたで歩いた。

直江くんに会いにゆくときは、いつも早足になった。着てゆく服に迷って時間ぎりぎりになるせいでもあったけれど、なにより、早く直江くんの顔を見たかったから。

ゆっくりと近所を歩くのは、久しぶりのことだ。ばらでいっぱいの庭がある。白いばらの横に黄ばらが並び、つぎの列のはうすいピンク、つづいてビロードみたいに濃い赤。門の横のアーチには、象牙《ぞうげ》色《いろ》の野ばらがはわせてある。

見とれてからまた少し歩くと、こんどは名前を知らない、真っ白い大きな花が、雨どいにからむようにして咲いている庭があった。中くらいのお皿ほどの大きさの、平たい白い花が、五つ六つ、いっせいにひらいている。

頭がじーんとしてくる。直江くんのことを考えないようにしているせいだ。花の白がまぶしくて、眼をほそめた。失恋て、一生のうちに何回すれば、上がりになるのかなあ。じーんとしたまま、思う。歩幅が狭くなってゆく。立ち止まってしまう。泣きそうになる。

でも、泣かない。かわりに、ちょっと、ほえる。

誰もいないと思っていたのに、生垣からひょいと頭がのぞいたので、びっくりした。

「おおかみかと思いましたよ」麦わら帽子をかぶった品のいい老婦人である。

「狼《おおかみ》？」

「そうですよ、ずいぶんと昔にパリの動物園で、見ましたんですよ、おおかみ」

老婦人は口もとをほころばせながら、ゆったりと喋《しゃべ》った。日本でおおかみの吠《ほ》え声を聞くことができるなんて、思ってもいませんでしたよ。

恥ずかしくなって、うつむく。ちょ、ちょっと、いやなことがあって。消え入りそうな声で答える。

老婦人は立ち上がり、腰をのばした。背が高い。

「その花、なんていうんですか」照れかくしに、聞いてみる。

「てっせん。またの名をクレマチス」はきはきと老婦人は答えた。

「白いですね」ばかみたいなことを言っている、と思いながら、口にする。

「紫と白がありますんですよ」

「お庭のは、白なんですね」

「紫のも蒔《ま》いたんですけれど、どこかに消えてしまったのよ」

老婦人の顔には、そばかすがいっぱいあった。きれいな人だ、と思った。この人は、少なくともこの五十年ほどは、失恋なんてしてないんだろうなあ、とも思った。うらやましかった。

急にまた恥ずかしくなって、おざなりな会釈《えしやく》をし、走るように駅へ向かった。


直江くんのあまり好まなかった露出が多くてハードな感じの服とか、ヒールが太くてごつい靴とかを買ってやろうと思ってお店をまわったけれど、どうにも気が乗らなかった。何も買わないまま駅ビルに戻り、食料品の階で、きんとき豆の煮たのとお味《み》噌《そ》を買った。何か甘いものを食べたかったのと、お味噌はそろそろ切れかかっていたので。ケーキを買おうかとも思ったけれど、ケーキに関してはいろいろ思いだすことが多くて、また気が滅入《めい》るような予感があった。

お味噌と煮豆の袋を手に提げ、ぐずぐずと上の階をもう一まわりしたけれど、買いたい服も靴もバッグも、やっぱりみつからなかった。

急に疲れがきて、エスカレーターの横にあるベンチに座った。子供連れの女の人が、ソフトクリームをなめている。高くもりあがった、昔ながらのかたちのコーンにしぼりだされたソフトクリーム、どこで買ったんだろうと見回すと、少し奥まったところに売店があった。女の人と子供は、交互になめてゆく。恋人どうしみたいだ。でも、直江くんと交互にソフトクリームをなめあうなんていう、べたべたしたことをしたことは、一回もなかった。直江くんは照れるタイプだったし。

一年半だったな、つきあったのは。思い返した。嫌いになったわけじゃないけど、情熱、みたいなものがなくなっちゃってさ。直江くんが口にした別れの理由である。

情熱、なんていうもの、最初からあったようには見えなかったよ。

直接直江くんに言えなかった文句を、胸の中で、吐き捨てるように言う。腹がたってくる。子供がびくっとしたので、知らないうちに女の人と子供をにらみつけていたことに気づく。あわてて立ち上がる。立ち上がった瞬間、煮豆の匂《にお》いが袋の中からのぼってくる。腹立ちがしゅうっとしぼみ、かわりに情けなさがやってくる。

子供は、いつまでも、怖いものを見るような目で凝視していた。もう一度にらんでやる気力もなく、すごすごと改札口へ向かった。

世の中の人がみんな自分よりえらくみえる、という短歌を、昔国語の時間に習った。でもたしか、あの短歌では、そのあと家に帰って妻と親しむ、とかなんとか続くんだった。

妻のいる人は、いいよね。

電車のごとごという音にまぎらせて、言ってみる。

ほかに好きな女の子ができて、とか、お互いに憎しみあって、とかいうのではなく、なんだかさめて、という理由で別れを告げられたことが、悲しかった。世の中に、一人ぼっちだった。そりゃあ、両親も弟も友だちもおばあちゃんも実家の犬も、ちゃんといるけれど、今この瞬間は、一人ぼっちだ。

誰かを憎むことができたら、楽なのに。

でも、誰も憎めない。直江くん本人すら。

自分に、濃い感情や、濃い存在理由やらがないことが、悲しかった。世界でいちばんだめな女かも。今この瞬間は少なくとも。

そうでないことは、知っていた。でも、いっそのこと、世界でいちばんだめなほうが、まだよかった。薄いのだ。薄くて、その他《た》っぽくて、何もなくて。

少し、泣いた。涙は出なくて、洟《はな》ばかりが、出た。


電車を降りると、日が暮れていた。

足どりが定まらない感じで歩いた。そういえば朝から何も食べていなかった。おなかは全然すいていない。昼に見た花のうち、閉じているものと、暗くなっても咲きつづけているものがあった。

てっせんの花は、ひらいていた。夜目にも著《しる》く、端正にそこにあった。

じっと、見た。

きれいだった。

しばらく、そうしていた。老婦人らしき影が、窓の中を動いている。ゆったりとした動作で、奥の部屋と表の部屋を行き来する。一人暮らしなのだろうか。

この花一輪にも、きっと自分は値しないんだ。

思いながら、じっと花を見た。

ほんとうに、きれいだった。

花が夜の中でふくれ、またちぢみ、元の大きさに戻った。

老婦人の影は、ゆっくりと動きつづけている。ずいぶんと昔にパリの動物園で、見ましたんですよ、おおかみ。昼に聞いた老婦人の言葉を反芻《はんすう》した。そのころ、老婦人は今よりずっと若くて、もしかしたら失恋の一つや二つ、していたかもしれない。なぐさめには全然ならないけれど。

花、きれい。

何度も、思った。

はりついていているようになっていた足を、地面からはがし、部屋に向かった。てっせん、クレマチス、てっせん、クレマチス、と、呪文《じゅもん》のように唱えながら、歩いた。自分だけじゃなく、世界の誰一人として、この白い花に値する人間はいないんだ。唱えながら思った。やっぱり全然なぐさめにはならなかったけれど。

眠る前に、前の晩の自分と今の自分をくらべて、はかってみた。空の高いところにいるような気持ちになって、はかってみた。

小指の爪《つめ》の先っぽの、白い部分ぶんくらい、楽になっていた。爪はわりと深く剪《き》るほうなので、白い部分、少ししかないのだけれど。

目を閉じて、てっせんを浮かべてみた。わずかにゆがんだ純白が、五つ六つ、ぼうと見えた。

おやすみ、と言って、ふとんを顎《あご》のところまで引き上げた。それから、煮豆とお味噌を冷蔵庫にいれ忘れたことを思いだし、もういいや、と一度思い、でもまた思いなおしてキッチンに行き、袋ごと冷蔵庫にほうりこんだ。

ふたたびベッドにもぐりこんだ頃には、爪の白い部分もう一つぶんくらい、楽になっていた。さっきよりもうちょっとていねいに、おやすみ、とつぶやいた。目を閉じたけれど、なかなか眠れなかった。白い花が、いつまでも、まなうらに、ぽうと浮かんでいた。

解説

高山なおみ

雑誌「クウネル」のお終《しま》い近くのページには、いつも川上弘美さんの短編がはさまれています。

微妙な間合いをふくんだ線画や、色つきの挿絵を見ると、思わず私は紙面を撫《な》でてしまう。その時点ですでに物語は匂《にお》いはじめていて、ひきずり込まれそうになるのだけれど、文字の方はできるだけ見ないようがまんします。いつか、本になったら読もうと思っているから。

連載の書籍化2作目にあたる『パスタマシーンの幽霊』は、山の家（改築中のオンボロ別荘です）に持っていきました。まだ寒さの残る3月半ばのことです。

その日は寝る前に『海石《いくり》』を2度読んで、枕《まくら》もとに置き、雨の音を聞きながら眠りました。

シュラフにくるまり目をつぶっていると、地面の奥深くまで染《し》みるような雨音がします。山に囲まれているし、家のまわりは土だらけだから、やっぱり東京とは違うのです。眠気にまかせて聞いているうち、雨音は、自分の体にも染み込んでゆきました。

夜半に風が強くなり、誰かがノックしているような音で目がさめました。それは人でも動物でもなく、築120年のこの家がたてる音。山から吹き下ろされる突風に身をよじり、茅葺《かやぶ》き屋根（トタン板を上にかぶせてある）と柱のつなぎ目をわずかにずらしたりしているのかもしれません。こういうのを家鳴りと呼ぶのでしょうか。

明け方には短いけれど地震もありました。ミシミシノシノシと、まるで蔓《つる》で編んだ籠《かご》を手でおおい、力をかけたときに出るのとそっくりな音。いつもだったら物音がすると怯《おび》えて眠れなくなるのだけど、その夜は雨も風も家鳴りも地震も、ちっとも怖くありませんでした。

私は鼻がつまったような、体ごとぼんやり溶けてしまうような、なんともいえない安堵《あんど》感に包まれていました。人の手の届かない、わけの分からないものたちと通じあい、まじりあい、境目がなくなることの心地よさ。きっと、『海石』を読んだせいにちがいありません。

「海石」というのは、女の人に姿を変えた海のいきものが、人間の男につけてもらった名前です。陸に住む男を好きになった彼女は、自分の棲《す》み家である海の岩の穴に男を連れて帰ろうかと迷うけれど、けっきょくあきらめます。

――あたしたちの「好き」は、陸のいきものの「好き」とは違うから、だめなんです。

あたしたちは、「好き」になると、みんな一緒になってしまうのです。「好き」と「好き」が引き合って、隣の穴の「好き」がやってきて、またその隣の穴の「好き」もこちらにくっついて、さらに隣の「好き」までくっついて、どんどん大きなものに育ってゆく。（中略）

陸のいきものは、「好き」になると、あたしたちと反対に、まじりあわないよう、まじりあわないよう、気をつけます。自分の「好き」が、ずっと綺麗《きれい》にすりへらないでつづいてゆくことばかりに、心をくばる――

『海石』は、本からあふれるくらい深い意味をふくんだ物語で、まるで神話みたいだと私は思いました。

海のいきもののように、まじりあってひとつになるのは、自分をなくすることでしょうか。「好き」そのものになってしまえばいいのでしょうか。

ためしに私は恋愛に対してだけでなく、大切にしている物や仕事、人生にも『海石』たちの「好き」をあてはめてみました。気づいたのですが、もしかしたらそれは、

「死ぬこと」にとても近いのかもしれない。

翌日もまたシュラフから頭と腕だけ出し、お腹《なか》がすくとチョコレートを齧《かじ》って、ぐんぐん読みました。読み進むうち、『海石』のほかはどの物語も、陸のいきもののの「好き」が描かれているのだなと分かりました。

そういえば20代の頃の私も、やっぱりこんなふうにして山に降り注ぐ雨音を聞きながら、本を読みふけったことがあります。夏休みになると、信州の山小屋で住み込みのアルバイトをしていたのです。毎日やってくる50人ほどのお客さん方のために、夕飯のカレーライスとキャベツのサラダを作るのがおもな仕事。雨が降るとお客さんは山を登ってこないので、薪《まき》ストーブの部屋から本を選び、カビくさいふとんを積み上げた部屋にこもって日暮れまで過ごしました。

あの頃の私は、『パスタマシーンの幽霊』に出てくる多くの主人公たちと同じに、いつも誰かを好きになって、迷いながら生きていました。

自分のことをわたしではなく、あたしと呼ぶ女の子たち。私もそうだった。誰かを好きになるという、その照り返しだけで光っているふがいない自分。いつかは壊れてしまうガラスみたいに儚《はかな》い恋だから、これがまたよく光るんだ。お腹の中にもやもやドロドロを抱えたまま、そう簡単には自分を変えられない。でも、何かのきっかけで少しだけ気がついて、一歩の半分くらいは踏み出してみる。そんな彼女らの作る料理は、生きることに直結していないので、ままごと遊びみたいにちぐはぐです。けれど、本のあちらこちらで湯気を上げ、読んでいると食べてみたくてたまらなくなるのです。

微妙な揺れをまとった料理の数々を生み出した川上さんは、娘ほどの年代のこの子たち（私も川上さんと同い歳《おないどし》です）に、体ごとを重ねながら書いているんだろうか。実際に、台所に立ったりもするのかな。そうでないと、こういう料理は出てこないと思うから。

表題の『パスタマシーンの幽霊』に登場する、唯子《ゆいこ》のケチャップごはんを、私もためしてみました。

――炊《た》きたてのごはん（炊飯器があるので、ごはんだけはふつうに炊ける。なんてありがたいことなんだろう）を茶碗《ちゃわん》によそって、バターをひとかけ、ごはんのてっぺんに落とす。そこにおしょうゆをほんのちょびっと、バターとおしょうゆで黄色茶色くそまったへんのごはんの周囲に、輪をかくようにケチャップを絞る。一呼吸おいてから、がーっとお箸でかきまぜる。こつは、かきまぜすぎないこと、ときどきケチャップだけの味の部分や、おしょうゆ味の強い部分があるのが、大事なのだ――

私は料理が苦手な唯子のつもりになって作り、食べました。
あんまりおいしくて、1杯では足りずおかわりしました。
こんなに再現性のある見事なレシピを、いつか、私も書けるようになりたいです。

（平成二十五年四月、料理家）

この作品は平成二十二年四月、株式会社マガジンハウスより刊行された。

川上弘美著
山口マオ絵
椰子・椰子
春夏秋冬、日記形式で綴られた、書き手の女性の摩訶不思議な日常を、山口マオの絵が彩る。ユーモラスで不気味な、ワンダーランド。

川上弘美著
おめでとう
忘れないでいよう。今のことを。今までのことを。これからのことを――ぽっかり明るくしんしん切ない、よるべない十二の恋の物語。

川上弘美著
ゆっくりさよならをとなえる
春夏秋冬、いつでもどこでも本を読む。まごまごしつつ日を暮らす。川上弘美的日常をおおどかに綴る、深呼吸のようなエッセイ集。

川上弘美著
ニシノユキヒコの恋と冒険
姿よしセックスよし、女性には優しくこまめ。なのに必ず去られる。真実の愛を求めさまよった男ニシノのおかしくも切ないその人生。

川上弘美著
センセイの鞄
谷崎潤一郎賞受賞

独り暮らしのツキコさんと年の離れたセンセイの、あわあわと、色濃く流れる日々。あらゆる世代の共感を呼んだ川上文学の代表作。

川上弘美著
吉富貴子絵
パレード
ツキコさんの心にぽっかり浮かんだ少女の日々。あの頃、天狗たちが後ろを歩いていた。名作「センセイの鞄」のサイドストーリー。

川上弘美著
古道具　中野商店
てのひらのぬくみを宿すなつかしい品々。小さな古道具店を舞台に、年の離れた4人のもどかしい恋と幸福な日常をえがく傑作長編。

川上弘美著
なんとなくな日々
夜更けに微かに鳴く冷蔵庫に心を寄せ、蜜柑の手触りに暖かな冬を思う。ながれゆく毎日をゆたかに描いた気分ほとびるエッセイ集。

川上弘美著
ざ　ら　ざ　ら
不倫、年の差、異性同性その間。いろんな人に訪れて、軽く無茶をさせ消える恋の不思議。おかしみと愛おしさあふれる絶品短編23。

川上弘美著
どこから行っても遠い町
二人の男が同居する魚屋のビル。屋上には、かたつむり型の小屋——。小さな町の人々の日々に、愛すべき人生を映し出す傑作小説。

内田百閒著
百鬼園随筆
昭和の随筆ブームの先駆けとなった内田百閒の代表作。軽妙洒脱な味わいを持つ古典的名著が、読やすい新字新かな遣いで登場！

山本周五郎著
季節のない街
〝風の吹溜りに塵芥が集まるように出来た〟庶民の街——貧しいが故に、虚飾の心を捨て去った人間のほんとうの生き方を描き出す。

北村薫著

ターン

29歳の版画家真希は、夏の日の交通事故の瞬間を境に、同じ日をたった一人で、延々繰り返す。ターン。ターン。私はずっとこのまま？

佐藤優著

国家の罠
―外務省のラスプーチンと呼ばれて―
毎日出版文化賞特別賞受賞

対ロ外交の最前線を支えた男は、なぜ逮捕されなければならなかったのか？　鈴木宗男事件を巡る「国策捜査」の真相を明かす衝撃作。

徳永進著

野の花ホスピスだより

鳥取市にある小さなホスピスで、「尊厳ある看取り」を実践してきた医師が、日々の診療風景から紡ぎ出す人生最終章のドラマの数々。

江國香織著

すいかの匂い

バニラアイスの木べらの味、おはじきの音、すいかの匂い。無防備に心に織りこまれてしまった事ども。11人の少女の、夏の記憶の物語。

柴崎友香著

その街の今は
芸術選奨文部科学大臣新人賞受賞

カフェでバイト中の歌ちゃん。合コン帰りに出会った良太郎と、時々会うようになり――。大阪の街と若者の日常を描く温かな物語。

安東みきえ著

頭のうちどころが悪かった熊の話

動物たちの世間話に生き物世界の不条理を知る。ユーモラスでスパイシーな寓話集。イラスト14点も収録。ベストセラー、待望の文庫化。

新潮文庫最新刊

佐伯泰英著
転び者
新・古着屋総兵衛　第六巻
伊勢から京を目指す総兵衛は、一行を付け狙う薩摩の刺客に加え、忍び崩れの山賊の盤踞する危険な伊賀加太峠越えの道程を選んだ。

乃南アサ著
禁猟区
犯罪を犯した警官を捜査・検挙する組織――警務部人事一課調査二係。女性監察官沼尻いくみの胸のすく活躍を描く傑作警察小説四編。

川上弘美著
パスタマシーンの幽霊
恋する女の準備は様々。丈夫な奥歯に、煎餅の空き箱、不実な男の誘いに喜ばぬ強い心。女たちを振り回す恋の不思議を慈しむ22篇。

小池真理子著
Kiss
唇から全身がとろけそうなくちづけ、人生でもっとも幸福なくちづけ。くちづけが織りなす大人の男女の営みを描く九つの恋愛小説。

安東能明著
撃てない警官
日本推理作家協会賞短編部門受賞
部下の拳銃自殺が全ての始まりだった。警視庁管理部門でエリート街道を歩んでいた若き警部は、左遷先の所轄署で捜査の現場に立つ。

前田司郎著
夏の水の半魚人
三島由紀夫賞受賞
小学校5年生の魚彦が、臨死の森で偶然知った転校生・海子の秘密。夏の暑さに淀む五反田で、子どもたちの神話がつむがれていく。

新潮文庫最新刊

原田マハ・大沼紀子
千早茜・窪美澄
柴門ふみ・三浦しをん
瀧羽麻子 著

恋の聖地
—そこは、最後の恋に出会う場所。—

そこは、しあわせを求め彷徨う心を、そっと包み込んでくれる。「恋人の聖地」を舞台に7人の作家が紡ぐ、至福の恋愛アンソロジー。

篠原美季著

よろず一夜のミステリー
—土の秘法—

「よろいち」のアイドル・希美が誘拐された。人気ゲームの「ゾンビ」復活のため「女神」として狙われたらしい。救出できるか、恵!?

早見俊著

白銀の野望
—やったる侍涼之進奮闘剣3—

やったる侍涼之進、京の都で大暴れ！ ついに幕府を揺るがす秘密が明らかに?! 風雲急を告げる痛快シリーズ第三弾。文庫書下ろし。

吉川英治著

三国志（七）
—望蜀の巻—

赤壁で勝利した呉と劉備は、荊州をめぐり対立。大敗した曹操も再起し領土を拡げ、三者の覇権争いは激化する。逆転と義勇の第七巻。

吉川英治著

宮本武蔵（五）

吉岡一門との死闘で若き少年を斬り捨てた己に惑う武蔵。さらに、恋心滾るあまり、お通に逃げられてしまい……邂逅と別離の第五巻。

河合隼雄著

こころの最終講義

「物語」を読み解き、日本人のこころの在り処に深く鋭く迫る河合隼雄の眼……伝説の京都大学退官記念講義を収録した貴重な講義録。

新潮文庫最新刊

亀山郁夫著
偏愛記
—ドストエフスキーをめぐる旅—
1984年、ソ連留学中にかけられたスパイ嫌疑から、九死に一生を得ての生還――。ロシア文学者による迫力の自伝的エッセイ。

嵐山光三郎著
文士の料理店《レストラン》
夏目漱石、谷崎潤一郎、三島由紀夫――文と食の達人が愛した料理店。今も変わらぬ美味しさの文士ご用達の使える名店22徹底ガイド。

佐藤隆介著
池波正太郎指南 食道楽の作法
「今日が人生最後かもしれない。そう思って飯を食い酒を飲め」池波正太郎直伝！ 粋な男を極めるための、実践的食卓の作法。

福田ますみ著
暗殺国家ロシア
—消されたジャーナリストを追う—
政権はメディアを牛耳り、たてつく者は不審な死を遂げる。不偏不党の姿勢を貫こうとする新聞社に密着した衝撃のルポルタージュ。

北　康利著
銀行王　安田善次郎
—陰徳を積む—
みずほフィナンシャルグループ。明治安田生命。損保ジャパン。一代で巨万の富を築き上げた銀行王安田善次郎の破天荒な人生録。

中村　計著
歓声から遠く離れて
—悲運のアスリートたち—
類い稀なる才能を持ちながら、栄光を手にすることができなかったアスリートたちを見つめた渾身のドキュメント。文庫オリジナル。

パスタマシーンの幽《ゆう》霊《れい》

新潮文庫　か－35－12

平成二十五年六月一日発行

著者　川《かわ》上《かみ》弘《ひろ》美《み》

発行者　佐藤隆信

発行所　株式会社　新潮社

郵便番号　一六二―八七一一
東京都新宿区矢来町七一
電話　編集部(〇三)三二六六―五四四〇
読者係(〇三)三二六六―五一一一
http://www.shinchosha.co.jp

価格はカバーに表示してあります。

乱丁・落丁本は、ご面倒ですが小社読者係宛ご送付ください。送料小社負担にてお取替えいたします。

印刷・株式会社精興社　製本・株式会社大進堂

© Hiromi Kawakami 2010　Printed in Japan

ISBN978-4-10-129242-7　C0193